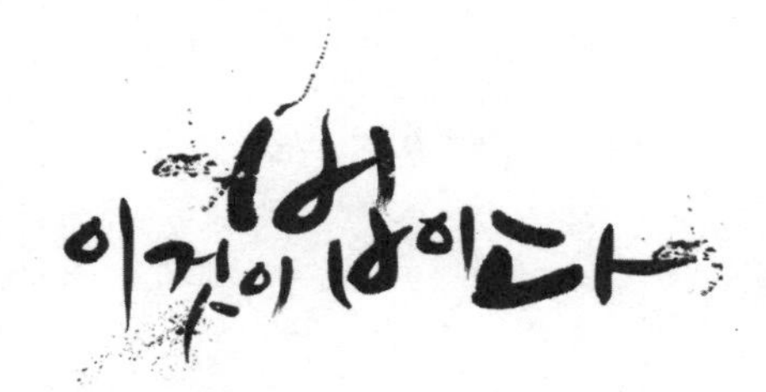
이것이 삶이다

이것이 법이다 174

2023년 12월 21일 초판 1쇄 인쇄
2023년 12월 27일 초판 1쇄 발행

지은이 자카예프
발행인 강준규

기획 이기헌 왕소현 임동관 박경무 강민구 조익현
책임편집 최전경
마케팅지원 이원선

발행처 (주)로크미디어
출판등록 2003년 3월 24일
주소 서울시 마포구 마포대로 45 일진빌딩 6층
Tel (02)3273-5135 **Fax** (02)3273-5134
홈페이지 rokmedia.com **E-mail** rokmedia@empas.com

값 9,000원

ISBN 979-11-408-1349-0 (174권)
ISBN 979-11-255-9575-5 04810 (세트)

자카예프 장편소설

이 소설은 픽션입니다.
등장하는 인물 및 지명 등은 현실과 연관이 없습니다.
또한 소설 내에 나오는 법이나 법리 해석의 경우에도 대중문학의 극적 전개를 위하여 일부분 과장되거나 변형된 것이 존재하니 실제 법과 혼동하지 않으시길 바랍니다.

CONTENTS

승리 그리고 시작

정치인들은 수십 년간 국민들이 정치를 혐오하게 하기 위해 필사적으로 발악해 왔다.

그랬기에 한국에는 수많은 정치 혐오주의자가 있고, 그들은 아예 투표를 포기하기도 했다.

그런 그들에게 전혀 새로운 방식의 선거운동은 왠지 쇼킹하게 다가왔다.

“응? 우리 게임에서 선거운동을 한다고?”

“아나 미친! 전체 채팅으로 도배하려고 하는 거 아니야?”

짜증스럽게 말하는 유저들.

하지만 노형진이 바보도 아니고 그런 멍청한 짓을 하지는 않는다.

"인던에서 한다던데?"

"인던에서?"

인던은 인스턴트 던전의 약자로, 쉽게 말해서 제한된 파티만을 위해 만들어지는 사냥 공간이다.

"그래."

"아니, 그게 가능해?"

"가능을 떠나서, 너 같으면 관심이나 가지겠냐?"

친구의 말에 사냥을 하던 이주상은 시큰둥하게 비웃음을 날렸다.

게임 돌리기 바빠 죽겠는데 누가 인스턴트 던전에서 발표를 듣고 있겠는가?

"그게 아니라 퀘스트를 준대."

"퀘스트? 뭔 병신 같은 짓거리야? 퀘스트라니?"

친구의 말에 이주상은 호기심이 동했다.

"던전 입구에 있는 다섯 개의 공약집을 찾아 읽고 오면 세 시간짜리 버프를 준다는데?"

"버프라……. 무슨 버프?"

"1회용 생명권."

"생명권?"

강해지는 것도 아니고 빨라지는 것도 아니고 방어력이 높아지는 것도 아닌, 1회용 생명권이라니?

"던전 내에서 체력이 0 되었을 때 단 1회, 최대치로 회복

하며 버틸 수 있게 해 주는 거래."

"지랄 났네, 아주. 그게 무슨 의미가 있어?"

부활이 가능한 힐러 클래스들은 당연히 있고, 숱하게 죽을 만큼 어려운 던전도 아니다. 그렇기에 현실적으로 그다지 필요한 버프는 아니었다.

차라리 공속이나 방어력 업 같은 거라면 모를까.

"과연 그럴까?"

"응?"

친구의 말에 이주상은 고개를 갸웃했다.

"넌 그럼 도움이 된다고 생각하냐?"

"즉사기에 날아가도 한 번은 욕 안 먹겠지."

"아, 맞다. 그게 있었네."

보스 몬스터들은 즉사기라는 걸 쓴다.

그 기술은 한 번이라도 피격되는 순간 사망하기에, 한 치의 실수도 용납되지 않는다.

"그사이에 부활도 못 하잖아."

"그렇지."

전투가 너무 급박하게 돌아갈 때는 아무리 힐러 클래스라도 부활시키기가 어렵다.

그럴 때 가능한 방법은?

일단 남은 사람들이 어느 정도 상황을 정리한 후에 부활시켜 주든가, 아니면 깡그리 다 죽은 다음에 입구에서부터 다

같이 다시 뛰어와야 한다.

현실적으로 보면 어느 쪽이든 파티에서 욕먹기 딱 좋다.

실제로 전투 중에 한두 번의 실수로 파티원이 죽어 나가면 짜증이 엄청나게 나니까.

"한 번은 살아날 수 있다는 거네."

"그렇지."

당장 한 사람 몫은 계속하게 되는 셈이니 최소한 욕먹는 일은 피할 수 있다.

"애매하네."

"공짜잖아."

"그건 그렇지."

더군다나 특정 세력을 밀어주라는 것도 아니고, 퀘스트를 받아 공약만 읽어 보면 되는 일.

"안 받고 가면 그것도 욕먹을걸. 고작 5분인데, 어차피 다 모이려면 20분은 기다려야 되잖아."

"아 씨, 귀찮은데."

이주상은 입맛을 쩝쩝 다셨다.

하지만 자신이 공대장이라도 1회 생명권을 안 받고 와서 전투에 차질을 빚으면 아마 욕을 바가지로 할 거다.

"할 수 없지. 어떻게 하는 건데?"

"광장에 있는 알림판에서 확인하던데."

결국 그 말에 이주상은 고개를 끄덕거리고는 알림판으로

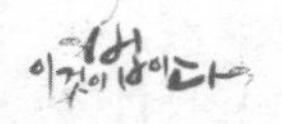

캐릭터를 움직이기 시작했다.

⚖

"이게 효과가 있나?"

"겜돌이 무시하지 마세요. 효과 있습니다."

노형진은 송정한에게 자신이 있다는 듯 말했다.

"작은 거 하나에도 부모님부터 찾는 게 게이머들입니다. 공짜도 못 챙겨 오면 욕 박을걸요."

"욕먹기 싫어서라도 버프를 받고 가야 한다 이거군."

"맞습니다. 더군다나 퀘스트 조건도 까다롭죠."

"고작 5분간 대기하는 게?"

"네, 그 고작 5분이 게이머들에게는 예민하거든요."

그냥 빠르게 넘기는 게 가능하다면 게이머들은 미친 스킵 후 버프만 받아서 던전으로 향할 거다.

하지만 5분간 스킵 없이 천천히 스크롤이 올라가게 만들면, 짜증은 나겠지만 버프를 받기 위해서 얌전히 5분을 투자할 거다.

5분이 결코 긴 시간은 아니니까.

"하지만 공약을 읽을 정도의 시간은 되거든요."

정치적 미사여구나 온갖 잡소리 그리고 네거티브가 배제된, 정당하고 이해가 가는 공약들.

그런 공약들을 살펴보는 건 어려운 일이 아니다.

“하지만, 흠…… 문제군. 자유신민당에서도 똑같은 걸 요구했다던데.”

“그랬을 겁니다. 그럴 수밖에 없죠. 그들은 바보가 아닙니다.”

이쪽에서 뭔가 한다고 하면 저들도 할 수밖에 없다.

안 했다가 지면 최악이니까.

“하지만 따라 한다고 다 잘할 수 있는 건 아니죠.”

노형진은 키득거리면서 비웃음을 날렸다.

하지만 송정한은 그의 반응을 이해하지 못한 듯 고개를 갸웃했다.

“다른가?”

“다릅니다. 아, 공약을 안 보셨나요?”

“우리 거야 보기는 했네만.”

“한번 비교해 보세요.”

노형진은 즉석해서 해당 게임 내 퀘스트용으로 사용한 우리국민당과 자유신민당의 공약을 보여 주었다.

한참 읽던 송정한은 그제야 노형진의 말을 이해했다.

“도대체 자유신민당은 뭔 생각이지?”

“애초에 그놈들에게는 게이머라는 존재에 대한 개념이 없습니다. 그들이 아는 게임이란 그냥 무식하게 타깃을 때려죽이는 거라는 이해 수준에서 수십 년째 벗어나지 않고 있잖습니까?”

"그건 그렇지만, 그래도 선거에 상식이라는 게 있지 않나?"

"애초에 네거티브가 주력이니 그 상식이라는 것도 존재를 확신할 수는 없죠."

"쯧쯧, 부정은 못 하겠구먼."

송정한이 이렇게 혀를 끌끌 차는 이유는 간단하다.

송정한과 우리국민당에서 내세운 선거 공약은 게이머들을 위한 맞춤 공약이었다.

당연하다. 게이머들을 위해 만들어 낸 공약이니까.

게임물등급위원회에서 하는 게임 등급 심사 등에 게이머가 적극적으로 참여할 수 있는 환경을 마련하고 도박성 상품의 규제를 신설하는 등, 게임 안팎의 쾌적한 발전을 위한 공약으로 구성되어 있다.

"하지만 자유신민당은 애초에 게이머들을 병신 취급하니까요."

나이 먹고 게임이나 하는 병신.

그게 자유신민당의 시선이기에, 그들은 게이머의 눈높이에 전혀 신경 쓰지 않는다.

실제로 그들이 권력을 잡으면 게임이나 만화 등등 문화 산업을 때려잡는 데 혈안이 되곤 했다.

"그러니 어떻게 설득해야 하는지도 모르겠죠."

송정한과 다르게 그들의 공약은 엉뚱한 이야기로 가득했다.

취업이니 아파트값이니 경제니 하는 뜬구름 잡기 말이다.

그리고 당연하게도 현 정권을 잡고 있는 박기훈 대통령에 대한 네거티브와, 그와 엮어서 송정한이 권력을 잡으면 박기훈 시즌 2이니 정권 교체로 벌을 내려야 한다는 너무나 뻔한 이야기까지.

"그런 게 싫어서 정치와 손절한 사람들이 이 게임 유저들이라는 걸 모르는 거죠."

"우리는?"

"우리는 반대죠."

정치는 모두와 관련이 있다. 설사 게이머라고 해도 결국은 관련이 있을 수밖에 없다.

그걸 충분히 설명해 줬다.

"당연한 심리죠."

한쪽은 자신이 뭘 하는지 알고 이해해 주고 도와주겠다는데, 다른 한쪽은 이해는커녕 남 욕이나 하고 '너는 성장하지 못한 병신이야.'라며 즐기던 문화를 망하게 한다?

"그러면 누구를 편들어 주겠습니까?"

"게이머 쪽은 내 편을 들어 준다 이거군."

"맞습니다. 게이머뿐만이 아니죠. 이런 사람들은 인터넷에서도 상당히 많이 활동하거든요."

노형진은 미리 준비한 커뮤니티들을 보여 주며 말했다.

"내 이야기가 엄청나게 많군."

"이런 커뮤니티에서는 정치 이야기가 금기시됩니다."

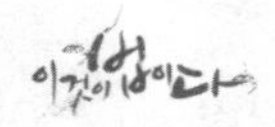

커뮤니티를 하는 사람들 중 상당수는 정치 혐오를 가지고 있다.

설사 아니라고 해도, 일반적으로 커뮤니티 운영진은 커뮤니티 내부에서 정치적 이야기가 나오는 걸 꺼린다.

그런 이야기가 자꾸 나오면 정치 커뮤니티로 변질돼서, 재수 없으면 망하니까.

그래서 정치 글이 올라오는 족족 삭제해 버린다.

"하지만 우리는 철저하게 게임의 형식으로 선거운동을 하고 있지요."

그러니 무조건 삭제할 수도 없다.

"평가는 사실상 끝났군."

"게임을 하는 사람들이 모조리 바보일 리가 없지 않습니까? 오히려 대부분이 일상생활에서의 휴식을 위해 게임을 하는 사람들이죠."

설사 아니라고 해도 그들이 세상에 분노하지 않는 것은 아니다. 도리어 그들이야말로 세상에 분노한다.

왜냐, 자기가 가지지 못한 것이니까.

"그런데 그런 사람들한테 아파트값을 올려 주겠다고 한다고요?"

게임을 하는 사람들에게 아파트값을 올려 줄 정책을 홍보해 봐야, 보통 상대적으로 젊은 층인 그들은 대부분 세입자지 집주인이 아니다.

당연히 아파트값이 올라간다는 건 집세가 올라간다는 소리고, 집세가 올라가면 생활은 더 빡빡해질 수밖에 없다.

즉, 세입자에게 피해를 줄 정책을 자랑한다는 건 대놓고 그들을 능욕하는 꼴이다.

그러니 문제가 안 될 리가 없다.

"아마도 그들은 분노해서라도 이쪽으로 표가 쏠릴 겁니다."

누구도 자신들에게 관심을 주지 않았기에 정치를 혐오하고 투표를 하지 않던 그들에게 적당한 권리를 보장한다면, 과연 그들이 누구 편을 들어 줄지는 너무나 뻔한 일.

"허허허."

송정한은 어이가 없어서 웃었다.

온라인 선거운동이야 누구나 해 왔다. 하지만 게임 쪽은 아무도 신경 쓰지 않았다.

누구도 게임에 관련된 공약을 제대로 한 사람이 없었다.

정확하게는, 애초에 게임 쪽 공약은 그냥 공허한 약속이었다.

게임 회사나 게이머 측에 찾아가 게임을 중흥시키겠다고 약속해 놓고, 학부모 측에도 찾아가 게임을 때려잡겠다고 약속한 뒤, 당선되면 게임 측 약속을 씽까 버리곤 했다.

그런 취급을 받던 대상이 바로 게임이었다.

그런데 그걸 직접 노림으로써 이렇게 생각지도 못한 표를 가지고 온 거다.

"그리고 젊은 층의 표는 생각보다 많지요."

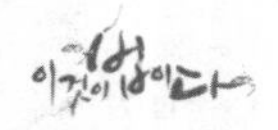

"많겠지."

의외로 젊은 층의 정치 혐오가 노년층이나 장년층에 비해 훨씬 심하다.

당연한 게, 정보 접촉 수단이 제한적이던 노년층이나 장년층에게는 학업을 통한 세뇌가 충분히 먹혔지만, 인터넷이 활성화된 후 자라난 청년층에게는 그 방법이 불가능해 그들에 대한 전략을 세뇌에서 혐오로 바꿨으니까.

"확실히 그, 선거표를 로또 용지화하자는 것보다는 훨씬 낫군."

"그렇지요. 그런 건 확률이 너무 낮으니까요."

거기다 보상금이 큰 것도 아니다. 그걸 굳이 인증해 가면서 받으려고 하는 사람은 없다.

그에 비해 게임상의 버프라는 건 가치도 그리 크지 않고 또 돈이 드는 것도 아니지만, 게이머들에게는 그 자체로 충분히 이득이 될 수 있는 부분.

"이제 마지막으로 쐐기를 박죠."

"쐐기? 지금도 충분한데?"

"미래를 위해서라도 해야 합니다. 원래 승리자가 모든 걸 가지는 법이니까요."

"그래서 뭘 하려고?"

"민주수호당의 이탈표를 당겨 올 겁니다."

"뭐? 민주수호당의 이탈표?"

"네."
사실상 선거는 이미 끝났다고 봐야 한다. 현 상황의 지지율은 누가 봐도 송정한이 유리하니까.
안주원이 강용안에 대한 지지 선언을 하기는 했지만 수십 년을 싸워 온 민주수호당의 사람들 중 강용안을 지지할 사람은 그다지 많지 않다.
그렇다면 그 사람들이 어디로 갈까?
아마도 투표를 포기할 가능성이 크다.
왜냐, 지지하는 세력이 없으니까.
"정치에는 두 가지 타입이 있죠. 개인에 대한 숭배, 그리고 당에 대한 숭배."
"나는 전자군."
"맞습니다."
송정한은 명백하게 전자다.
개인의 업적이 대단하면서도 현실적으로 우리국민당의 핵심이니까.
"그런데 민주수호당의 경우는 후자입니다."
수십 년의 역사에서 오랜 시간 쌓아 올린 전통. 역사는 개인에 대한 충성보다는 당에 대한 충성을 더 쉽게 하게 만든다.
"하긴, 그간 바뀐 정치인이 어디 한두 명인가?"
물론 종종 개인에 대한 충성이 강해지는 경우도 있다.
그러나 그런 충성과는 별개로, 그들이 당을 떠나거나 은퇴

한다고 해서 기존 지지 세력이 돌아서서 자유신민당을 지지하지는 않는다.

"의원님과는 다르죠."

"그렇겠지."

송정한이 우리국민당을 나와서 다른 정당을 만든다면 지지자들은 함께 대거 이동하겠지만, 다른 정치인들은 보통 그렇지 않다.

실제로 자신에 대한 지지가 절대적이라는 점을 믿고 신당을 창당한 사람들이 없었던 것은 아니나 딱 두 번을 빼고는 모두 실패했다.

그 두 번 또한 결국 다시 합당했고 말이다.

"그러니 우리는 그 부분을 자극해야지요."

"어떻게 말인가?"

"민주수호당의 전신이 어딘지 아십니까?"

"민주시민당 아닌가?"

"맞습니다."

정당들은 수십 년의 역사를 가지고 있다. 그 와중에 수많은 이름을 거쳤다.

자유신민당도 이름만 족히 열 번은 넘게 바꿨고, 민주수호당도 그 정도는 아니지만 이름을 많이 바꿨다.

"그러니 계승권을 요구하는 겁니다."

"계승권?"

"게임에 이런 대사가 있죠. '왕위를 계승하는 중입니다, 아버지.'"

노형진은 씩 웃으며 말했다.

"왕위를 계승해야지요. 우리국민당의 가장 부족한 부분을 채우는 겁니다, 후후후."

그리고 그게 성공하든 실패하든, 손해는 없었다.

⚖

얼마 후 송정한, 아니 우리국민당은 난데없는 발언을 했다.

–우리국민당은 민주시민당의 정신적 계승자로서, 당을 팔아먹은 안주원의 행위에 분노하는 바입니다.

전혀 생각지도 못한 말이었다.

그리고 그 말은 당연히 민주수호당의 극렬한 반발을 불러왔다.

–우리 당의 정신적 후계자를 주장하지 말아라.

물론 그에 대한 답은 정해져 있었다.

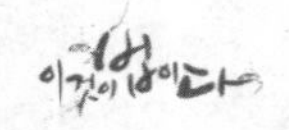

-민주시민당이 민주수호당의 전신인 것은 사실이다. 그러나 민주수호당은 민주시민당의 정신을 버렸다. 정치적 이권을 이유로 우리국민당을 지지한다는 게 말이 되느냐?

-정치적 이권이 목적이 아니라 대통합을 위해서다.

-그러면 정신적인 계승자인 우리국민당과 통합해야지, 왜 자유신민당과의 통합을 이야기하는가.

정신적 후계자라는 발언은 당연히 민주 계열에서 엄청난 파란을 일으켰다.

"도대체 이 새끼들은 뭘 어쩌려는 거야? 선거가 코앞인데!"

민주수호당의 당직자들은 떨떠름한 얼굴로 모여서 술 한잔을 하고 있었다.

원래대로라면 술은커녕 전국을 돌면서 선거운동에 열과 성을 다해야 하는 시점이었다.

그런데 안주원이 뜬금없이 자유신민당을 지지한다고 발표하고는 그대로 사퇴하는 바람에 할 일이 없어졌다.

이미 후보 등록 기간은 끝난 터라 더 이상 민주수호당에서 후보를 낼 수도 없었다.

"뭐 하자는 건지 모르겠네."

민주수호당의 당직자인 노심태는 뉴스를 보면서 심드렁하게 중얼거렸다.

"뭐긴, 선거 전략이지."

"선거는 개뿔. 이제 답 나온 거 아니야?"

"답 나왔어도 뭐, 사자는 토끼를 잡을 때도 최선을 다한다는 그런 거 아니겠어?"

"토끼는 개뿔. 파리도 못 되는 신세인데."

심드렁하게 말하면서 노심태는 소주잔에 술을 채워 그대로 쭉 들이켰다.

"크, 쓰다. 씨팔, 내가 이 꼴 보자고 여기에 붙어 있었나 싶다."

노형진과 송정한이 몇 번이나 양당을 흔들었고, 그때마다 수많은 당직자들이 빠져나갔다. 그럼에도 그는 오로지 민주수호당에 충성을 바쳤다.

그런데 그 결과가 뜬금없는 배신이라니.

"미친 새끼. 되든 안되든 달려야 할 거 아냐."

"그러니까."

심지어 주요 당직자들조차도 기가 막혀서 말이 나오지 않았다.

그러나 안주원이 이미 사퇴했고 심지어 강용안에 대한 지지 선언까지 한 상황에서 이제 자신들이 할 수 있는 건 없었다.

"어디서부터 잘못된 걸까?"

"그러니까."

그들은 그저 말없이 술을 마시며 자신들의 한심함을 탓할 뿐이었다.

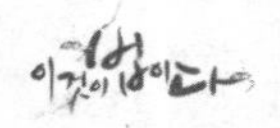

그때 누군가 말했다.
"정신적인 후계자라……. 어쩌면 틀린 말은 아닐지도 모르지."
"너 이 새끼! 배신이야!"
노심태는 그 말에 버럭 화를 내면서 소주잔을 '탁' 소리 나게 내려놨다.
하지만 상대는 시큰둥하게 말을 이었다.
"틀린 말은 아니잖아. 민주수호당의 정신이 뭔데?"
"뭐?"
"우리 당의 정신이 뭐냐고. 민주주의 수호와 국민의 삶의 질 향상 아니야?"
"그거야……."
그거야 어디까지나 표면적인 거라고 말할 뻔한 누군가가 다급하게 입을 다물었다.
주변에 사람이 많으니 그렇게 말할 수는 없었다.
"그리고 그걸 차치하더라도, 자유신민당이랑 손잡는 게 말이 된다고 생각해?"
"아니, 그거야 그, 협치를 위해서라고 하잖아."
"협치는 개뿔. 야, 대놓고 말하자. 이게 지금 협치냐? 지지 선언 처음 봐?"
"……."
지지 선언은 철저하게 기브 앤드 테이크다.

내가 지지해서 표를 줄 테니까 그 대신에 이권을 달라.

이게 일반적인 지지 선언을 통한 거래다.

"그런데 뭐, 얻어먹은 거 있어?"

단 하나도 없다.

자리를 보장받은 것도, 추후 선거에서 지지해 준다는 약속도, 심지어 자기 사람을 받아 주겠다는 약속도 없었다.

그냥 지지 선언 이후로 안주원은 버려졌고 온갖 욕을 먹으면서 잠적해 버렸다.

"……."

노심태는 할 말이 없었다. 그게 사실이니까.

말이 협치지, 그 아래로 기어들어 간 것만도 못한 수준이다.

"협치? 지랄하고 자빠졌네."

동료는 우울한 듯 다시 술잔에 술을 채웠다.

"지금 탈당하는 사람들이 얼마나 많은지 아냐?"

민주수호당에 있어 자유신민당은 철천지원수다.

그런데 지지 선언을 해 버렸으니, 실망한 사람들이 너도나도 탈당계를 제출하고 있는 상황.

"솔직히 지금은 우리국민당이 진짜로 정신적 승계자라고 해도 부정은 못 하겠다."

"아니, 아무리 그래도 그렇지……."

"아무리 그래도 그렇지가 아니야. 틀린 말은 아니잖아."

노심태는 돌연 충격을 받았다.

이게 사실일까?

하지만 다른 사람들도 충격을 받은 듯 송정한의 말을 무시하지 못하고 있었다.

"상식적으로 뭔가 잘못됐다는 걸 알면서도 고칠 수 없다면 그 조직은 끝난 거야."

누군가의 말. 그리고 그 말에 고개를 끄덕거리는 사람들.

"설마 진짜로 우리국민당에 동조하는 건 아니지?"

"최소한 강용안 그 새끼가 대통령 되는 것보다는 나은 거 아냐?"

"그……."

"아니면 네가 그렇게 물고 빨던 안주원하고 같이 뒈지든가."

그 말에 노심태는 이를 악물었다. 틀린 말은 아니니까.

"이 새끼도 저 새끼도 다 개새끼라면, 최소한 우리랑 비슷한 개새끼가 낫지 않겠냐?"

그 말을 노심태는 도저히 부정할 수가 없었다.

노형진의 예상은 정확하게 맞아 들어갔다.

아무리 안주원이 강용안 지지 선언을 했다지만 얼마 전까지 소새끼 개새끼 하면서 싸우던 사람들이 강용안을 지지할 리가 없다.

물론 안주원의 절대적인 지지 세력은 강용안에게 붙었지만, 안주원이 아니라 민주수호당을 지지하던 세력은 차마 그에게 붙을 수가 없었다.

"여론은 나쁘지 않은데."

투표가 시작되었다. 그리고 송정한의 목소리는 떨리고 있었다.

"최종 결과는 두고 봐야지요."

투표가 가까워 오면 여론조사가 차단된다. 그래야 공정한 투표가 진행되기 때문이다.

사람은 지지하는 이에게 표를 주기도 하지만 승자에게 표를 주고자 하는 심리도 있다.

그 때문에 투표가 코앞으로 다가오면 여론조사 발표를 완전히 막아 버린다.

"떨리는군."

늦은 새벽. 사람들은 긴장감이 가득한 얼굴로 모여 있었다.

미래에 대한 한 표. 그 결과가 나오는 건 새벽이니까.

"저쪽도 필사적이기는 한 모양이더군요."

강용안은 말 그대로 필사적으로 정권 심판을 외치며 송정한을 심판해야 한다고 주장했다.

원래는 송정한이 다른 당이라 불가능한 주장이었지만, 송정한이 민주시민당의 정신적 후계자를 주장했기 때문에 가능해진 것이다.

"뭐, 그런다고 해서 갑자기 뭐가 확 바뀌는 건 아니겠지만요."
노형진은 피식 웃으며 말했다.
"그렇기는 한데……."
송정한은 그럼에도 불구하고 TV에서 시선을 떼지 못하고 뚫어지게 바라보고 있었다.
"어어어?"
그 순간 갑자기 울리는 핸드폰들.
사람들의 시선이 분산되는 순간, 거의 동시에 TV 화면이 바뀌었다.
지금까지는 지역별로 투표율과 지지율을 보여 주던 화면이 바뀌면서 송정한과 강용안의 얼굴이 화면에 떴다.
하지만 두 사람의 사진에는 차이점이 있었다.
바로, 송정한의 사진에 붙어 있는 '당선 확실'이라는 글자.
"어어……."
차기 대통령이라는 말이었다.
"이겼다!"
"만세!"
순간 송정한의 눈에서 눈물이 흘렀다.
그간 고생고생하며 이 자리를 위해 달려왔다.
"이겼다! 이겼어!"
사방에서 울려 퍼지는 외침과 몰려드는 꽃다발.
"축하드립니다."

노형진도 송정한의 손을 잡고 미소를 지었다.

"고맙네. 자네가 아니었다면……."

아마도 송정한은 그저 그런 작은 변호사 사무실에 만족하며 살아왔을 것이다.

하지만 노형진을 만나고 인생이 바뀌었다.

유명 변호사로, 정치인으로, 그리고 이제는 대통령으로.

"고마워하실 건 아니죠."

"뭐?"

"이제 막 갈려 나가실 텐데요?"

노형진은 피식 웃으며 말했다.

그리고 그 말에 송정한은 미소를 지었다.

"갈려 나가도 좋네, 얼마든지."

"방금 그 말, 곧 후회하게 되실 겁니다."

노형진은 그렇게 말하고는 고개를 돌려 '당선 확실'이 떠 있는 화면을 보며 말했다.

"진심으로요."

세계의 폭풍 가운데에 송정한이 들어왔고, 이제 그들이 할 일은 그 안에서 대한민국이라는 나라가 무너지지 않게 지키는 것이었다.

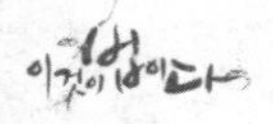

우크라이나의 발악? 또는 기적

전 세계의 시선은 러시아와 우크라이나라는 두 나라를 향해 있었지만, 현재 대한민국의 모든 관심은 대통령 선거에 쏠려 있었다.

"엄청 높네, 총득표율 67.45%라니."

역대급으로 높은 지지율이었다. 대한민국에서 이 정도 지지율이 나온 적은 없었다.

"저쪽이 온갖 병신 짓을 한 것도 있고, 결정적으로 뭐가 문제인지도 모르는 상황인 것 같은데?"

오광훈은 뉴스를 보면서 피식하고 웃었다.

"그런 것 같지?"

민주수호당도 그리고 자유신민당도 대혼란이었다. 각자에

게 책임을 물으면서 개지랄을 하기 시작한 것.

"도대체 뭔 생각으로 일을 하는 건지 모르겠다. 아니, 이 상황에서도 저러고 싶을까?"

"당연한 거야. 저놈들 입장에서야 모든 게 정치니까."

정치적으로 뭐가 결정되면 그 후에 이루어지는 모든 일에 대해 누군가는 책임져야 한다.

승리했다면 모를까, 진다면 그 책임을 누군가는 져야 한다.

"강용안은 개판 났던데? 안주원은 뭐, 이제 재기가 불가능한 것 같고."

"그러겠지."

안주원의 경우는 자신의 치부를 감추기 위해 주변의 반대에도 불구하고 배신을 선택했다.

단순히 물러난 게 아니라 적을 도와준 배신행위를, 과연 다른 사람들이 용서해 줄까?

그럴 리가 없다. 당연히 그걸 인정하는 사람은 아무도 없다.

"그나저나 왜 나한테 보자고 한 거야?"

"다름이 아니라 강용안 때문에."

"그놈은 왜?"

"아니, 고발 들어간 거 있잖아. 덮으라고 지랄하는데 어떻게 해야 하나 해서."

"아아~."

선거가 시작되면 무조건 같이 따라오는 게 있다. 다름 아닌 고소와 고발이다.

왜냐하면 그래야 자기들이 살 수 있기 때문이다.

단순히 네거티브만 해도 되지만 고소와 함께 이루어지면 더더욱 효과적이었다.

"뭘 신경 써? 조져 버려."

"선거가 끝났으니까?"

"선거가 끝났으니 조지라는 게 아니라, 그게 뭐든 조져 버리는 거지. 뭔가 있어서 물어보는 거 아니야?"

"그렇지."

아예 아무것도 없다면 오광훈이 굳이 물어볼 이유가 없다.

"네가 언제부터 그런 걸 신경 썼다고. 어차피 조져 두면 나중에 찍소리도 못 해."

강용안의 미래는 확실히 끝났다고 봐야 한다.

물론 지금 당장 감옥으로 가지는 않을 거다. 하지만 결국 그의 정치생명은 사실상 끝날 수밖에 없다.

"정치 보복 하려고?"

"정치 보복이 아니라 결국 자기 업보를 돌려받는 거야. 우리가 가진 정보에 따르면 강용안이 저지른 일이 한둘이 아냐. 살인하고 강도 짓만 빼고 다 했더라. 횡령이나 뇌물은 그냥 기본 옵션이고."

노형진이 아무리 선을 안 넘는다지만 그런 놈들에게 미래를 맡기고 싶은 생각은 없었다.

“그러면 부담 없이 저지른다?”

“왜 그래? 전에는 뭐 그런 거 신경 쓰고 살았어?”

“아니, 그게 말이지, 조사하다 보니까 우리국민당도 자꾸 나와서.”

떨떠름하게 말하는 오광훈.

그런 오광훈에게 노형진은 당연하다는 듯 말했다.

“그래도 상관없어. 어차피 다 걸러 내야 하는 놈들이니까.”

“걸러 낸다고?”

“그래. 내가 정치에 가지는 유일한 확신이 뭔지 알아? 정치는 전과 5범과 전과 3범 사이에서 고르는 거라는 거야.”

“무슨 뜻인지 알겠네.”

진짜로 좋은 사람이라서가 아니라 그나마 조금이라도 나은 사람을 뽑는 게 정치의 투표라는 행위다.

한 명을 잘 뽑았다고 해서 나라가 확 살기 좋아지지는 않는다.

“송정한 의원님이 대통령으로 선출되었다고 갑자기 세상이 살기 좋아질 것 같아? 천만에 말씀.”

그 아래에서 일하는 놈들도 새롭게 뽑아야 한다.

그리고 국회의원들은 절대로 멀쩡한 사람이 일하는 걸 두고 보지 않을 거다.

어떻게 해서든 자기들 입맛에 맞는 사람을 내세우려고 할 거고, 그렇게 해서 사실상 송정한을 식물 대통령으로 만들려고 발악할 거다.

“우리는 이긴 게 아니야. 이제야 겨우 출발선에 선 거지.”

“쩝.”

노형진의 말에 오광훈은 고개를 끄덕거렸다.

그도 그런 느낌을 받을 때가 있으니까.

“뭐, 그건 내가 알아서 할게. 그나저나 넌 어떻게 될 것 같아?”

“뭐가?”

“러시아랑 우크라이나.”

“오래가겠지.”

“다들 금방 무너질 거라 이야기하던데?”

“그 이야기는 개전 초기부터 있었어.”

개전 초기, 대부분의 사람들은 우크라이나가 러시아를 당하지 못할 거라고 이야기했다.

아니, 2주도 버티지 못할 거라고 했다.

“하지만 얼마 전에 2주를 넘겼지.”

“그렇기는 한데, 그래도 상대방은 러시아잖아.”

“그래, 러시아지. 물론 러시아가 이빨 빠진 호랑이라는 뜻은 아니야.”

‘하지만 군사강국으로서의 러시아는 더 이상 의미가 없지. 최소한 현재는.’

러시아의 대통령 체르덴코는 자신의 권력의 확보와 절대권력을 위해 아래에서 부패해 가는 것을 모른 척했다.

그렇다 보니 러시아의 실제 상황은 그가 아는 것보다 훨씬 좋지 않았다.

'러시아의 부패 수위는 장난이 아니니까.'

한국의 군사 비리는 중간에 장난을 쳐 돈을 빼돌리거나 해서 물품의 질이 떨어지거나 아니면 예상과 다른 물건이 들어오는 정도다.

하지만 러시아의 군사 비리는 그 공장이 실제로 있긴 한지부터 시작해야 한다고 말할 정도로 상황이 심각하다.

당장 러시아의 신형 전차도, 배치한다는 소리가 벌써 10년 전부터 나왔지만 실제로는 채 스무 대도 배치되지 않았다.

아무리 가격이 비싸다지만 그건 어디까지나 러시아의 기존 탱크와 비교해서 그런 거고, 기갑의 나라라고 불릴 정도로 탱크에 집중했던 구소련과 러시아의 전략 방식을 생각하면 아직도 배치가 되지 않았다는 건 내부에 심각한 문제가 있다는 뜻이다.

"어떻게 될까?"

"모르지. 하지만 러시아가 쉽게 이기지는 못할 거야. 아니, 질 가능성이 높지."

"진다고? 러시아가?"

"그래."

노형진은 고개를 끄덕거렸다.

"그게 아니라 해도, 그들이 원하는 대로 이루어지지는 않

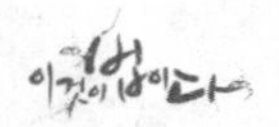

을 거야."

그렇게 말하는 노형진의 눈빛은 확신에 차 있었다.

러시아에서는 말 그대로 물밀듯이 우크라이나로 몰려들었다.

처음에는 그게 잘 먹히는 듯했다.

하지만 그런 공격은 얼마 가지 못했다.

우크라이나가 전략을 잘 짜서?

아니면 우크라이나가 뭔가 최신 무기를 잘 써서?

아니었다.

황당하게도 러시아가 멈춘 가장 큰 이유는 다름 아닌 기름이었다.

"뭐 하는 거야, 지금! 앞에서 왜 안 움직여?"

탱크를 몰고 있던 루디에프 소위는 길에 멈춰 선 군대를 보고 기가 막혀서 소리를 질렀다.

"루디에프 소위님, 화낸다고 뭐가 달라집니까? 이유를 아시면서 왜 그러세요?"

"아니, 씨팔. 너무 화가 나서 그러지. 이게 뭐냐고!"

그는 들고 있던 전투식량을 흔들며 말했다.

"지금 길바닥에서 닷새째야. 그런데 전혀 못 움직인다는 게 말이나 돼?"

지난 닷새간 이들이 움직인 거리는 채 10킬로미터가 안 되었다. 아니, 5킬로미터도 안 된다.

"말이 되느냐고, 씨팔! 기갑부대가 기름이 없어서 못 움직인다는 게! 2차대전 때 독일군도 이 지랄은 아니었다. 젠장, 러시아는 산유국이잖아? 그 기름이 다 어디로 간 거야?"

"소위님, 그러다가 모가지 날아갑니다."

"끄응…… 기름을 못 줄 것 같으면 제대로 된 밥이라도 주든가."

기갑을 움직일 기름도 없으니 당연히 밥차나 물자 운송 트럭도 제대로 못 굴러간다.

그들에게 주어지는 건 날마다 똑같은 전투식량뿐.

물론 전쟁, 아니 체르덴코의 표현을 빌리자면 특별 군사작전인 만큼 전투식량을 먹어야 하는 것은 괜찮다.

문제는 그게 상상 이상으로 오래된 것이라, 맛을 따지기는 커녕 먹어도 되는지 확신조차 서지 않는다는 것.

"니미랄. 2010년이라니? 2010년이라니! 장난해? 그땐 나도 군대에 없었던 시절인데."

아무리 전투식량이 장기 보존식이라 해도, 그래서 만일의 사태에 대비해서 표기된 날짜보다 더 오래 보관할 수 있다고 해도 무려 10년이 넘은 물건을 먹으라고 줄 줄은 몰랐다.

처음에는 포장되어 있어서 몰랐으나 먹기 위해 뜯고 나니 무려 10년이 훌쩍 넘은 음식이라는 걸 알 수 있었다.

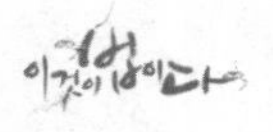

왜냐하면 이미 다 썩어서 먹을 수가 없는 수준이었으니까.
"니미랄."
문제는 지급된 식량이 죄다 그 꼴이라는 것.
아무리 배가 고프다고 해도 먹으면 죽거나 죽을 만큼 아플 게 뻔한 식량을 먹을 수는 없었다.
"하, 씨팔. 춥고 배고픈데."
루디에프는 자신이 장교라는 사실도 잊고 짜증을 부렸다.
병사들의 시선이고 나발이고, 배가 고픈 건 엄연히 사실이었기 때문이다.
그나마 건조식품이라 덜 변질된 비스킷을 꾸역꾸역 먹으며 루디에프는 계속 불평을 토했다.
"기름도 떨어지고 진격도 못 하고."
"전방에 대해서는 무슨 말이라도 있답니까?"
"있겠냐?"
무전기도 전기가 있어야 돌리는데 전기가 없으니 당연히 무전도 제대로 할 수가 없다.
전진? 엔진도 꺼 버리고 있는데 무슨 전진이 가능하겠는가?
"망할 우크라이나 놈들."
정작 자신들에게 기름도, 식량도 주지 않는 건 러시아 정부와 체르덴코다.
하지만 루디에프는 대놓고 불만을 표현할 수가 없었다.
그랬다가 여기 있는 병사들 중 누가 밀고를 할지 몰랐기 때문이다.

"힘들다."

그는 결국 밖으로 나와서 탱크 위에 벌러덩 누워 버렸다.

"위험합니다."

"위험하긴 개뿔. 기름도 없는데 거기서 뭐 할 건데?"

그렇잖아도 추운 날씨다. 이런 날씨에 난방도 안 되는 강철의 관짝 안에서 벌벌 떠는 것은 그야말로 죽을 맛이었다.

더군다나 제대로 먹은 것도 없으니 더더욱 춥게 느껴질 수밖에 없었다.

"나와서 햇볕이라도 좀 쐬야지…… 응?"

그 순간 저 앞에서 난리가 난 게 보였다. 그리고 그다음 순간 하늘에서 뭔가가 떨어지는 게 보였다.

"드론이다!"

드론. 하루에도 몇 번씩 날아오는 우크라이나의 골칫덩어리.

연료도 없는 기갑과 탱크로는 그 드론을 막을 방법이 없었다.

"방공 차량 뭐 하는 거야!"

일부 방공 차량이 다급하게 방향을 돌려서 드론을 쏘려고 했지만 기름이 없는 건 그쪽도 마찬가지.

"젠장, 도망쳐!"

다급하게 도망가는 병사들.

일부는 소총으로 저항하기도 했지만, 애초에 하늘 높은 곳에 있는 물건을 소총으로 맞히는 건 불가능했다.

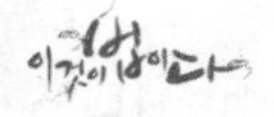

"도망쳐! 으아아!"

길게 늘어선 수많은 차량들. 그리고 그 위로 떨어지는 무언가.

차량 안에 있던 병사들은 다급하게 그곳에서 벗어났다.

"어?"

그런데 드론이 평소와는 달랐다.

평소의 드론이라면 저 멀리 보이지 않는 곳에서 미사일을 쏴 버리고 내뺐을 것이다.

그런데 이번에 온 드론은 좀 달랐다.

"뭐야?"

미사일을 쏘는 것도 아니고, 기존 드론과 다르게 상당히 가까이까지 왔다.

딱히 뭐가 달라진 건 아니었지만.

다급하게 뛰어서 개활지로 도망가던 루디에프는 멍하니 드론을 바라보았다.

그사이 드론은 황당하게도 기갑 차량이 아닌 트럭으로 날아갔다.

"뭐 하시는 겁니까!"

어느 틈엔가 차에서 튀어나온 운전병이 루디에프를 보면서 재촉했다.

"도망가야지요!"

"도망이고 자시고…… 어…… 잠깐만. 이상해서 그래."

이들이 이렇게 내빼는 이유는 간단하다.

전쟁터에서 제1 표적은 바로 기갑, 그것도 탱크이기 때문이다.

그러니 드론이 뜨면 무조건 탱크를 버리고 튀는 게 우선이었다. 도망갈 수도, 움직일 수도 없으니까.

그런데 정작 드론이 기갑은 완전히 무시하고 하늘을 날아서 트럭 쪽으로 향했다.

"뭐가 다른데?"

"아니, 이 와중에 그거 따지고 있습니까?"

"우리한테는 관심도 없잖아."

"그러고 보니……."

오는 길에는 자신들의 전차 말고도 수많은 기갑들이 있었다. 그런데 단 한 대도 공격하지 않고 그냥 길만 따라 내려가는 드론.

"단순 정찰용인가?"

"그럴지도."

그러나 그들의 판단은 틀렸다.

그 드론의 목적이 무엇인지 확인하는 데에는 오래 걸리지 않았다.

드론이 어느 순간 뭔가를 떨궜기 때문이다.

그러자 바로 아래에 있던 트럭에서 불이 확 일어났다.

"부…… 불이야!"

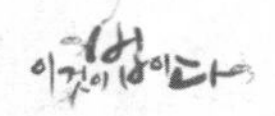

"불이야! 불!"
"끄아아악!"
"꺼 줘! 꺼 줘!"
드론이라고 해도 별로 신경 쓰지 않고 있던 병사들이 비명을 지르며 불타는 트럭에서 뛰어내려 바닥을 데굴데굴 굴렀다.
하지만 쉽사리 꺼지지 않는 불.
"차라리 죽여 줘!"
"으아아악!"
누군가는 죽여 달라고 빌었고, 누군가는 고통을 못 이겨 입에 총을 물고 주저하지 않고 방아쇠를 당겼다.
그제야 풍기는 익숙한 냄새.
"휘발유?"
불타는 트럭에서 풍기는 휘발유 냄새.
말도 안 되는 소리였다.
왜냐하면 트럭에서 쓰는 기름은 휘발유가 아니라 경유니까.
그마저도 이미 기름이 없어서 멈춰 버린 지 오래.
그런데 왜 휘발유 냄새가 난단 말인가?
"저건?"
그때 루디에프의 눈에 들어온 건 다름 아닌 깨진 유리병이었다.
"화염병? 아니, 화염병이라고? 21세기에?"
루디에프는 믿을 수 없다는 듯 입을 쩍 벌렸다.

그리고 그사이에도 대열의 여기저기에서는 불길이 올라오고 있었다.

"차에서 내려! 어서!"

다급하게 차에서 내리는 보병들 위로 화염병이 떨어지고 있었다.

그리고 좀 떨어진 곳에서 루디에프는 그 광경을 보면서 이 상황을 이해하려고 노력했다.

"뭐 하는 거야?"

⚖

우크라이나의 대통령인 카진스키는 보고서를 보면서 묘한 표정이 되었다.

"그러니까 손실은 없고 트럭 백스무 대를 소각했다 이거군요."

"맞습니다."

"흠……."

카진스키가 이런 표정을 짓는 이유는 다름 아닌 드론 때문이었다.

"이게 효과적이기는 한 것 같은데……."

"어떻게 보면 가성비는 바이락타르보다 훨씬 효과적입니다. 다만 미사일 공격 능력이 없는 게 좀 아쉽기는 합니다만."

"한국에서 진짜 뜬금없는 걸 만들었군요."

“정확하게는 한국이 아니라 마이스터입니다. 마이스터의 드론 공장이 한국에 있는 것뿐이죠. 이번에 만들어진 드론은 중국 공장에서 생산된 겁니다.”

“중국이라…….”

국방부 장관의 설명을 들은 카진스키는 떨떠름한 얼굴이 되었다.

중국은 러시아의 우크라이나 침략을 엄청나게 지지하는 나라니까.

“계속 공급은 가능한 겁니까?”

“가능합니다. 일단 저희한테도 드론 공장이 있어 거기서 스물네 시간 교대로 생산 중이니까요. 한국에서 직접 수출을 차단해도 우리 측 소비량은 맞출 수 있을 겁니다.”

“다행이네요.”

한국, 아니 마이스터에서 제공한 드론인 벼락은 다른 드론들과 달랐다.

보통 드론의 용도는 정찰이나 장거리에서의 미사일 투하인데, 벼락의 용도는 폭격이었다.

그뿐 아니라 그 외에도 다양한 드론이, 지금 이 순간에도 드론 공장에서 계속 생산되고 있었다.

“폭격 정밀도도 높고, 결정적으로 가성비가 무척이나 좋습니다.”

“가성비라……. 우리에게는 진짜로 간절한 부분이군요.”

우크라이나는 가난한 나라다. 러시아와 싸우기 위해서는 막대한 돈이 들어가기에 그 돈을 구하느라 힘들어하고 있다.

"미사일 가격이 수백만 달러 단위니까요."

아무리 싼 미사일이라 해도 수십만 달러다. 그런데 벼락에는 휘발유가 들어간다.

물론 그냥 휘발유는 아니다. 휘발유에 스티로폼을 녹인 기초적인 네이팜 비슷한 게 들어간다. 거기에 발화장치를 다는 건 어려운 일이 아니다.

"트럭을 노리는 건 좋은 전략입니다."

전쟁에서 트럭은 절대적으로 필요한 물건이다.

병력뿐 아니라 식량과 옷, 탄약 등의 물자를 수송해야 하니까.

물론 한 발의 미사일로 표적을 노린다면 절대적으로 위험하고 절대적으로 가치가 높은 탱크 같은 기갑을 노리는 게 맞다.

"하지만 트럭은 아니죠."

트럭에 미사일을 쏘는 건 손해가 맞다.

하지만 다 해도 제조 단가가 10달러도 안 되는 화염병은 이야기가 다르다. 자동 발화장치까지 해도 가격은 30달러 미만.

"거기다 트럭은 방어력도 형편없으니까요."

만일 대상이 탱크나 장갑차 같은 거라면 의미가 없을 거다.

하지만 트럭은 아니다.

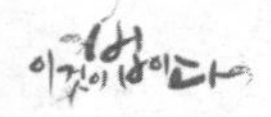

방어력이 형편없고, 짐칸에는 사람이든 짐이든 가득 실려 있다. 그리고 그건 호루라는 천으로 가려져 있다.

호루에 불이 붙으면 당연히 순식간에 타오르기 시작하고, 차량이 전소되기까지는 얼마 걸리지 않는다.

인명을 경시하는 러시아에서 차량에 소화기까지 배치하지는 않으니까.

실제로 러시아는 전쟁 후반기 보급 물자 수송에 한계를 느끼고 경운기에서부터 심지어 유모차까지, 현지에서 운용할 수 있는 건 모조리 운용해 가면서 보급 물자를 옮기려고 했다.

러시아의 편을 드는 모 미승인국에서 러시아에 보급을 위해 말을 2천 마리 제공하겠다고 할 정도로 보급 시스템이 박살 난 터라, 노형진은 그 부분을 기억해 내고 역으로 비싼 기갑이 아닌 보급 차량을 노리기로 한 것이었다.

"마이스터에서 그러더군요. 전투에서 승리하는 건 전투기와 대포겠지만 전쟁에서 승리하는 건 보병이라고."

"그 말이 틀린 말은 아니죠."

카진스키는 인정한다는 듯 고개를 끄덕거렸다.

보병이 점령지를 통제하지 못하는 한 전쟁은 끝나지 않는다.

"결과적으로 러시아에서 보병에게 지급하는 무기와 보급 장비들이 많이 소실되고 있습니다."

"영향이 클까요?"

"클 겁니다."

국방부 장관은 당연하다는 듯 말했다.
“아직은 춥습니다.”
불이 난 트럭에서 보병들은 아무것도 건지지 못했다.
물건도, 군장도, 텐트도, 심지어 탄약도.
그들이 가진 건 오로지 소총 하나뿐이며, 개인용 휴대 탄약만으로는 절대로 전쟁을 못 이긴다.
“그런 만큼 그들이 선택할 수 있는 길은 하나뿐입니다.”
“청야 전술을 써야 한다 이겁니까?”
“청야 전술이라고 해야 할까요?”
떨떠름하게 말하는 국방부 장관.
“청야 전술이 맞기는 하겠네요. 기존의 청야 전술과는 좀 다르지만요.”

⚖

“더럽게 춥네, 씨팔.”
아르투르는 추위에 벌벌 떨었다.
아직 추운 시기다. 그것도 애매하게 추운 시기.
그런데 아무것도 없다는 사실에 그는 절망했다.
“미치겠네, 진짜.”
그가 속한 부대가 타고 있던 트럭에 화염병이 떨어지고, 수십 대의 트럭이 전소되었다.

그 결과 탄약은 물론이고 동계 장비, 텐트 등등 모든 걸 잃고 남은 건 말 그대로 알보병뿐.

"씻고 싶다."

"지금 이 상황에서?"

그렇잖아도 부족한 수송 대열에서 그들이 이용할 탈것은 없었고, 설사 있다고 해도 하루에도 몇 번씩 화염병이 날아오는 판국에 타고 싶은 마음은 없었다.

"씨팔, 기갑 새끼들은 좋겠다."

그나마 기갑 놈들은 불에 안 타는 거라고 교묘하게 피해를 입지 않았다.

물론 그것도 완벽한 건 아니었다. 드론이 저 멀리서 미사일을 쏴 대고 있으니까.

대공포 사거리 밖에서 미사일로 대공포부터 제압하고 그 후에 드론으로 화염병을 던지는 전술을, 현재의 러시아군은 막을 수가 없었다.

그렇잖아도 기나긴 행렬이 불타는 차량 때문에 꼼짝도 못 하는데 이제는 아예 움직일 수조차도 없는 상황.

"지금 씻으면 진짜 얼어 죽어. 그나마 이 진흙이 우리 체온을 지켜 주는 거야, 미친 새끼야."

지난 며칠간 라스푸티차 때문에 온몸에 묻은 진흙이 도리어 보온을 해 주는 황당한 상황.

"넌 그걸 어떻게 알아?"

"그 미제 영화 못 봤냐, 〈외계 사냥꾼〉?"

"그런 게 있어?"

"무식한 새끼."

동료와 투덜거리는 아르투르에게 소대장이 소리를 질렀다.

"정신 차려! 지금부터 저 앞에 있는 마을로 돌입한다!"

"저 마을에 말입니까?"

"그래. 이대로 굶어 죽을 거야?"

"그건 아닙니다만."

"가서 뭐라도 가져와야 할 거 아니야!"

트럭에 있던 것은 옷과 동계 피복만이 아니었다. 식량도 있었다.

유통기한마저 오래전에 지나서 그나마 먹을 수 있는 건 비스킷 정도였지만, 그마저도 불타 버리고 나니 이제 진짜 굶어 죽을 판국이었다.

러시아에서 다급하게 식량을 가져다준다지만 차량이 들어올 수는 없고 헬기 등으로 수송하는 건 한계가 명확하다.

그렇다 보니 이들이 할 수 있는 건 일단 어떻게든 버티는 것이었다.

"지금 21세기 맞냐?"

"그러니까."

아르투르는 툴툴거리면서 총을 바로 잡았다.

21세기에 보급이 끊겨서 약탈이라니.

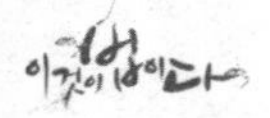

"좋게 생각해. 돈 좀 되는 게 있을지도 모르잖아."

"저런 작은 동네에 있어 봐야 뭐가 있겠어."

툴툴거리면서 아르투르는 눈을 찡그렸다.

"그래도 우리가 가장 먼저 배는 채우겠지."

"그거야 그런데……."

여기까지 오면서 우크라이나군은 코빼기도 보지 못했기에 그들은 당연히 저 작은 마을도 텅텅 비어 있을 거라 생각했다.

상식적으로 전략적 요충지도 아니고 큰 도시도 아닌 저 작은 마을에 병력을 배치할 이유가 없으니까.

"따뜻한 음식이 좀 있으면 좋겠다."

"계집이라도 있으면 좋겠네."

"돌격!"

"우라!"

사실 소리는 크지 않았다. 소리를 지를 만큼 힘이 나지도 않았으니까.

그렇게 몇십 미터나 전진했을까.

'탕!' 하는 소리가 들려왔다.

그리고 선두에서 돌격해 가던 소대장의 머리통이 날아가는 게 마치 슬로모션처럼 보였다.

"적이다!"

"숨어!"

"어디, 어디로? 아니, 어디서 날아……."

탕.

다시 한번 총소리가 들렸고, 직후 허둥거리던 동료의 머리통이 날아갔다.

"엎드려!"

그들은 다급하게 바닥에 엎드려서 벌벌 떨었다.

주변에 숨을 곳도, 딱히 몸을 피할 곳도 없었기 때문이다.

탕.

"으악! 내 다리…… 내 다리!"

그리고 반응이 늦었던 한 명이 피를 흘리며 바닥에 쓰러지고야 말았다.

"저격이다!"

누가 봐도 저격수였다.

"살려 줘…… 제발 살려 줘……."

피를 흘리는 동료가 구원을 요청했지만 아무도 움직이지 못했다. 저격수가 마을에서 자신들을 바라보고 있었으니까.

"아르투르…… 살려 줘…… 제발……."

눈이 마주친 아르투르를 부르면서 살려 달라고 비는 동료.

그런 그에게서 아르투르는 시선을 돌렸다.

"뭐 하는 거야? 가서 구해야 할 거 아니야."

"헛소리하지 말고 가만히 있어."

"지혈이라도 하면 살지도 몰라. 그러니까……."

"가만히 있으라고."

"내가 가서……."

"멍청아!"

아르투르는 이미 전투 경험이 있는 사람이었다. 그는 과거에 크림반도 병합 때 투입된 경험이 있었다.

그 당시에 우크라이나가 형편없이 무너지기는 했지만 아예 전투가 없었던 건 아니다. 그랬기에 이런 상황이 어떤 건지 알고 있었다.

"잠깐만 기다려. 내가 가서 살려……."

아르투르의 만류에도 동료를 구하려 했던 병사는 역시나 다가가자마자 어디선가 날아온 총알에 머리통이 날아갔다.

"멍청하긴."

지금 저격수가 다리에 총을 맞은 동료를 죽이지 않는 건 못 죽여서가 아니다. 미끼로 쓰고 있는 것이다.

그를 살리려고 누군가가 다가오기를 기다리고 있다는 사실을 알기에, 아르투르는 누구도 보낼 수가 없었다.

"어쩌지, 아르투르?"

소대장이 뒈진 이상 가장 선임은 자신이다. 그러니 다들 아르투르만 바라보는 상황.

"살려 줘, 아르투르. 제발 살려 줘."

하지만 그런 현실과 상관없이 자신을 부르며 살려 달라 비는 동료.

아르투르는 그 모습을 보고 이를 악물었다.

"무시해."

"뭐?"

"무시하라고. 저격수한테 같이 뒈지고 싶어?"

"그건……."

"무시하고 전진해."

"전진하라고? 이 상황에?"

"큭."

생각해 보니 말도 안 된다.

사방이 다 진흙밭이다. 빠르게 움직일 수도 없고 또 피할 곳도 없다.

지금 이 순간 저격이 이루어지지 않는 건 자신들이 바닥에 뒹굴어서 온몸이 진흙투성이라 구분하기 어렵기 때문이다.

움직이면 당연히 저격이 시작될 거다.

"아르투르……."

그렇게 기다리는 사이에 피를 흘리던 동료의 목소리가 서서히 사그라들더니 어느 순간 사라졌다.

아마도 과다 출혈로 사망했을 거다.

"기갑 지원해."

"기갑? 아니, 탱크를 여기로 부르자고? 기름도 거의 없는데?"

"어차피 우리는 못 움직여. 여기서 이대로 가만있으면? 식량이 땅에서 솟아나?"

굶고 있는 건 기갑 쪽 승무원들도 마찬가지다.

대부분의 차량이 기름이 없는 건 사실이지만 그래도 만일의 사태에 대비해서 그나마 부족한 연료를 기갑이나 대공 무기에 주기는 했다.

그러지 않으면 진짜로 방어도 못 할 테니까.

물론 실제로 방어를 제대로 못 하고 있지만.

"저기도 멀쩡한 길이 있을 거 아니야."

라스푸티차는 매년 봄에 벌어지는 현상이다.

아무리 작은 마을이라도 그에 대비한 길이 없다면 최소 3개월 이상은 고립될 텐데, 그러면 당연히 생활이 불가능해진다.

그러니 저 마을에도 분명히 라스푸티차에도 기동이 가능한 소로 정도는 있을 것이다.

"빨리 불러!"

탱크가 와서 싹 다 밀어내면 된다. 아르투르는 그렇게 생각했다.

실제로 과거에 일어난 크림반도 전쟁에서도 그랬으니까.

"아…… 알았어."

통신병은 다급하게 무전을 넣었다.

그리고 잠시 후, 한 대의 전차가 우렁찬 소리를 내면서 달려왔다.

"죽여 버려!"

"모조리 날려 버려!"

동료들은 그걸 보고 용기를 얻었다.

아무리 저격수가 총을 쏴 대도 전차를 이길 수는 없으니까.

하지만 그런 기대는 한순간 사라졌다.

"어?"

마을에서 튀어나온 물건이 하늘로 치솟았다. 그러고는 그대로 전차로 달려들었다.

그것이 들이받은 전차는 그대로 터져 나갔다.

쾅!

천지가 터지는 소리가 들리고 전차 뚜껑이 하늘 높이 솟아오르더니 그대로 바닥으로 떨어지면서, 환호하고 있던 동료들을 깔아뭉갰다.

"끄아악!"

죽지 않은 한 명이 비명을 질렀고, 불타는 전차에서는 누구도 나오지 못했다.

"대전차미사일?"

대전차미사일이라는 사실에 아르투르는 정신이 번쩍 들었다.

"그게 여기서 왜 나와!"

"아르투르?"

"아니, 그게 왜 여기 있느냐고!"

황당했다.

주요 전쟁터도 아니고 도시도 아닌, 그저 작은 마을이다. 그런데 저격에 대전차미사일이라니.

"이거…… 들어갈 수는 있는 거야?"

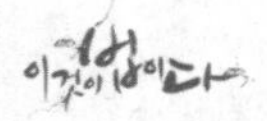

"……."

못 들어간다.

개활지에서 돌격하면 저격수에게 모가지가 날아갈 테고, 전차는 대전차미사일 때문에 접근도 힘들다.

그나마 유일한 차량 기동로는 방금 박살 난 전차가 막고 있어서 설사 다른 전차가 온다고 해도 밀어낼 수가 없다.

"미친……."

아르투르는 상황을 이해하지 못해 멍하니 마을을 바라보았다.

그는 장교도 아니었다. 선임이고 전투 경험이 있기는 하지만 그건 이긴 전투였지 지는 전투가 아니었다.

더군다나 도심 공격전 같은 건 전혀 해 본 적도 없었다.

"일단 가만히 있어. 지금 움직이면 저격이 날아올 거야. 밤이 되면 돌아가자."

장교처럼 충성을 바쳐야 하는 것도 아니고 그저 병사에 불과한 자신이 이런 지휘를 해 본 적은 없었기에 그가 택할 수 있는 건 도주, 아니 후퇴뿐이었다.

"밤까지?"

"그래. 말했듯이 지금 움직이면 총알이 날아올 거야. 혹시 너희, 총알보다 빨리 달릴 수 있어?"

그 말에 부대원들은 다들 고개를 흔들었다.

"그러니까 해가 떨어지면 움직이자. 병력을 더 데려오든가…….”

그렇게 말을 이어 가는 찰나, 어디선가 휘파람 소리 같은 게 들려왔다. 그리고 뭔가가 그들과 좀 떨어진 곳에 떨어지더니 '쾅!' 하는 소리와 함께 터져 나갔다.

“박격포다!”

아르투르는 그게 뭔지 바로 알아차렸다.

박격포.

물론 박격포는 쏘는 입장에서는 똥포라고 불리며 지랄같이 안 맞고 지랄같이 무거운 물건으로 악명을 떨치지만, 당하는 사람 입장에서는 악몽 그 자체였다.

“젠장.”

더군다나 떨어진 위치를 봐서는 자신들을 노리는 게 맞다.

최소한 자신들이 이 근처에 있다는 걸 알고 있다는 뜻이다.

“아르투르?”

“뛰어!”

이렇게 되면 방법은 하나뿐이다. 뛰어서 도망가는 것.

이곳에서는 뛰는 게 거의 의미가 없지만, 박격포에 죽거나 저격총에 죽거나 확률은 결국 비슷했다.

“뛰어!”

아르투르는 미친 듯이 반대쪽으로 뛰기 시작했다.

그랬기에 누군가가 그 모습을 멀리서 지켜보고 있다는 사실을, 그는 몰랐다.

⚖

“이야, 이게 먹히네.”

저격용 소총을 들고 있던 남자는 마지막 탄창을 빼면서 휘파람을 불었다.

저격용 소총과 박격포 그리고 대전차미사일을 동원한 공격은 생각보다 잘 먹혔다.

“저들의 식량 부족은 결국 생존을 위한 전략을 짤 수밖에 없도록 만들 테니까요.”

아레스에서 왔다는 남자는 도망치는 러시아 병사들을 망원경으로 살피면서 말했다.

“그런데 다 죽일 수 있는데 왜 놔주라는 거요?”

일부 병사들이 허우적거리면서 진흙밭을 뛰어가고 있다.

누가 봐도 느려 터져서, 저격이 충분히 가능한 상태였다.

“데려와야 하니까요.”

“보병을?”

“네. 어차피 여기에는 기갑은 못 옵니다.”

사실 탱크 같은 건 도심지에서의 한계가 명확하다.

상대방이 대전차미사일을 가지고 있는 경우라면 더더욱 그렇다.

"그러니 보병을 밀어 넣겠죠."

그는 그렇게 말하면서 고개를 돌렸다.

몇몇 사람들이 무인 사격 장비를 설치하고 있었다.

유선으로 연결된 총기와 카메라를 이용해서 장거리에서 사격이 가능하게 만든 물건.

완전 자동화는 돈이 엄청 들지만 유선으로 연결해서 전투에 쓰는 건 돈이 많이 들지는 않는다.

"이제 저들은 여기서 많은 피를 흘려야 할 겁니다."

수년간의 마이스터와 아레스의 준비가 여기서 전쟁의 역사를 바꾸기 시작할 거라는 사실을 알고 있는 남자는 본인이 말하면서도 가볍게 소름이 돋는 걸 느꼈다.

"이제 이곳에서부터 전쟁은 바뀔 겁니다. 모든 패러다임이 말입니다."

그는 그걸 확신하고 있었다.

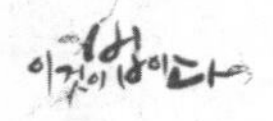

시가전의 악몽의 시작

작은 마을에 수천의 병력이 모여들기 시작했다.

포병을 배치해서 쏴 버리자니 물자가 없고, 작은 마을에 기갑부대를 밀어 넣을 길도 없었다.

그렇다고 무시하자니 뒤에 적을 두고 갔다가는 후방교란을 당할 게 뻔하기에 그들이 할 수 있는 건 하나뿐이었다.

“돌격!”

“우라!”

병사들은 미친 듯이 개활지를 달려 나갔다.

동시에 ‘탕! 탕!’ 소리가 들리면서 병사들이 나자빠지기 시작했다.

“크억.”

"으악!"

"씨팔, 포병은 뭐 하는 거야!"

아르투르는 옆에 있던 동료가 쓰러지자 바닥에 그대로 엎드렸다.

분명 포병을 통해 충분히 제압했다고 들었다. 하지만 아무리 봐도 적은 건재하기만 했다.

"니미럴. 내 이럴 줄 알았어!"

사실 이해는 간다.

포를 쏘면 귀신같이 날아온 우크라이나의 드론이 포병을 향해 미사일을 쏴 대기 때문에, 두어 발 쏘고 이동해야 하는 포병 입장에서는 제대로 지원 포격을 해 줄 수가 없었을 거다.

더군다나 멀쩡한 길도 거의 없어서 고립된 상황이고, 그나마 연료마저 부족한 상황에서는 더더욱 지원이 어려울 거다.

실제로 포탄이 적재되어 있던 트럭이 방화 드론에 날아가서 포탄도 거의 없다는 이야기를 들었다.

포격을 해 줬다지만 사실상 거의 그냥 폼만 잡은 수준이라는 걸 잘 알고 있었던 것이다.

"미치겠네."

핑핑 날아오는 총알에 아르투르는 이를 악물었다.

하지만 그렇다고 도망갈 수도 없었다.

"돌격해!"

"쏴라!"

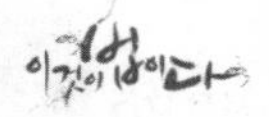

상대방이 이미 마을을 점령하고 있지만, 당장 저곳을 확보하지 못하면 자신들은 얼어 죽을 수도 있다.

"돌격해! 돌격!"

"개 같은 새끼."

아르투르는 자신의 뒤에서 돌격하라고 지랄하는 소대장을 죽여 버리고 싶었다.

지난번 소대장은 그래도 솔선수범이라도 하다가 뒈졌는데, 이 새끼는 진창에 엎드려서 그저 돌격하라고 소리만 빽빽 지르고 있으니까.

쾅!

"으악!"

그 순간 엎드려 있던 소대장이 날아온 박격포탄의 먹잇감이 되어 버렸다.

"속이 다 시원하다, 개 같은 새끼!"

아르투르는 이를 악물고 있다가 앞으로 내달렸다.

소대장이 죽었다고 해서 여기서 도망가면 총살일 테니 방법은 없었다.

타타타탕!

단발로 들리던 총성이 이제는 3점사로 바뀌었다.

조준 사격에서 근거리 교전이 벌어지기 시작했다는 소리였다.

"이 개 같은 새끼들아, 좀 뒈져!"

문제는 제대로 된 지원도 없이 그저 마을을 향해 무작정 달려가고 있다는 것이었다.

"미치겠네, 씨팔."

아르투르는 이를 악물고 마을에 들어갔다.

여기저기의 창가에서 총알이 날아오고 있었다.

"저기, 저기!"

일부 병사들이 가장 가까운 건물로 향했다.

5층 건물의 꼭대기에서 지속적으로 쏟아지는 화망에 다른 병사들이 움직일 수조차 없었으니까.

그렇게 족히 1개 소대는 올라갔는데 중간쯤에서 갑자기 '쾅!' 하는 소리가 들려왔다.

"으악."

그리고 창문을 통해 팔다리가 우수수 쏟아졌다.

"미친! 부비 트랩!"

계단을 올라가던 소대의 절반이 부비 트랩으로 날아가 버린 것.

"미친 새끼들."

그제야 아르투르는 자신이 전쟁터에 있다는 걸 깨달았다.

일전의 크림반도처럼 편하게 점령할 수도 없고, 러시아에서 말하는 병신 같은 우크라이나군도 없으며, 러시아인들의 해방을 위한 특별 군사작전도 아니었다.

상대방을 죽이지 않으면 내가 죽는 그 전쟁터의 한복판에

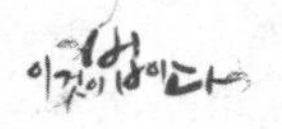

서 그는 손과 발이 벌벌 떨렸다.

"어서 올라가! 어서!"

지휘관들은 부비 트랩이고 뭐고 신경 쓰지 않고 병사들을 건물로 몰아붙였다.

그리고 그걸 아는지 모르는지 건물에 있는 놈들은 더더욱 발악적으로 총을 쏴 대었다.

쾅!

그러다 돌연 지금까지 총알이 날아오던 창문 쪽에서 폭음과 함께 폭탄이 터졌다.

"미친. 자폭인 거야?"

아무리 봐도 동료들이 던진 폭탄 같지는 않았다.

그들이 가진 폭탄이라고 해 봐야 수류탄뿐인데, 그게 이 정도 폭발력을 낼 것 같지는 않으니까.

결국 건물 하나를 제압하는 데 거의 소대 하나가 동원되었고 그 대부분이 죽거나 다쳐 버렸다.

"미친……."

지독한 손실비에 중대장은 얼굴이 사색이 되었다.

돌아가면 좌천이라는 생각 탓이었다.

하지만 그의 창백한 얼굴은 이내 시뻘건 색으로 달아올랐다.

"이게 뭐야?"

"그게……."

"이게 뭐냐고!"

“총입니다.”

“총?”

총이라고 볼 수는 없다.

총구는 있고 총신도 있지만, 방아쇠도 없고 개머리판도 없다.

건전지로 움직이는 것으로 보이는 자동화 장비가 총을 자동으로 격발하는 시스템이었다.

찌그러진 통과 연결된 걸 보니 아무래도 저 통 가득히 총알이 있었던 모양이다.

그런데 거의 비어 버린 그 통은 찌그러져 있었다.

“이게 총이라고?”

“그게…… 2소대가 여기에 들어가다가 대부분 당했습니다.”

“당했다고?”

“네.”

1층에 돌입할 때 한 번, 3층에서 또 한 번, 마지막으로 창에서 총을 쏘는 놈들을 제압하기 위해 돌입할 때 한 번.

그렇게 세 번이나 부비 트랩이 설치되어 있었고, 병사들은 거기에 휘말려서 우수수 쓰러질 수밖에 없었다.

“억.”

중대장은 그 말에 뒷목을 잡고 휘청거렸다.

하지만 이내 심호흡하면서 물었다.

“그래서, 그 새끼는 잡았어?”

“누구 말씀이신지?”

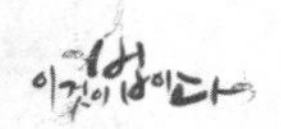

"이거 말이야! 이거, 이거 쏜 놈!"

들고 있던 총같이 생긴 무언가를 내던지며 악을 쓰는 중대장.

그러자 살아남은 소대장이 떨떠름한 목소리로 말했다.

"아무도 없었습니다."

"아무도 없다고?"

"네. 저희가 확인한 건 이 건물이 텅 비어 있고 부비 트랩으로 폭탄이 가득했다는 것뿐이었습니다."

"그러면 이건?"

"무선으로 연결된 곳에서 원격으로 쏜 겁니다."

"워…… 원격?"

"네. 이곳뿐만이 아닙니다."

다른 소대도 다른 부대도 똑같은 꼴을 당했다.

자신들은 온갖 피해를 감수하면서 뛰어들었는데, 부대가 거의 전멸하다시피 갈려 나간 후에 얻은 게 고작 고장 난 우크라이나군의 무기라니.

"그러면 우크라이나군은?"

"한 명도 발견하지 못했습니다."

"단 한 명도?"

"네."

"이런 개 같은 새끼들이!"

중대장은 들고 있던 고철을 집어 던졌다. 그러고는 분노로 길길이 날뛰었다.

"무려 3분의 2야! 중대의 3분의 2! 그런데 한 명의 우크라이나군 새끼도 보지 못했다는 게 말이나 돼!"

"……."

"으아! 미친 새끼들!"

그의 분노에 찬 목소리가 사방을 가득 메웠다.

하지만 그에 대답하는 우크라이나군은 단 한 명도 없었다.

"치열한 전투였어."

누군가의 말.

그 말에 아르투르는 어이가 없다는 듯 대거리했다.

"치열한 전투? 어디가?"

"뭐?"

"뭐가 치열했는데? 적이라고는 단 한 명도 없는데 우리끼리 알아서 함정으로 기어들어 가서 알아서 뒈져 준 게 치열한 전투라고?"

"뭐, 이 미친 새끼가! 그래서 지금 나한테 성질이야?"

"씨팔, 전투 같은 소리 하네."

"이 씹쌔가!"

분노에 찬 병사가 아르투르에게 달려들었다.

그러고는 서로 치고받고 싸우기 시작했다.

그 와중에 날벼락이 떨어졌다.
'와장창!' 하면서 그들이 끓이고 있던 냄비가 그대로 뒤집어진 것이다.
"니미 씨팔."
"야, 저 둘 좀 말려 봐."
결국 보다 못한 병사들이 그들을 뜯어말리기 시작했다.
"왜 그래?"
"우리 잘못이 아니잖아."
"둘 다 참아."
"씨팔."
아르투르는 질질 끌려 나가면서도 분노에 부들부들 떨었다.
"자 자, 진정하고."
"네가 화내는 건 이해한다. 그래."
누군가는 아르투르를 다독였고, 누군가는 아르투르에게 화를 냈다.
"씨팔. 야, 그게 얼마 만에 먹는 음식인 줄 알아? 어!"
"이제야 좀 사람다운 음식을 먹을 수 있나 했더니."
방금 전 아르투르가 뒤집어엎은 음식은 이들이 배정받은 음식이었다.
이 지역 주민들이 피난을 가면서 두고 간 음식을 싹 다 훔친 상황.
그나마 이리저리 나누는 바람에 양이 부족해서 물에 넣고

끓여 먹으려고 하던 중이었다. 온갖 종류의 음식을 제대로 먹기 위해서는 그 방법밖에 없었으니까.

"미안하다."

그제야 아르투르는 아차 하는 생각에 얼굴이 붉어졌다.

실제로 그게 얼마나 소중한 식량인지는 누구보다 자신이 잘 알고 있었으니까.

"어디 가서 더 얻어 올까?"

"어디서 얻어 와. 니미럴."

자기네들이 먹을 것도 별로 없는 상황. 그 상황에서 누가 음식을, 그것도 며칠 만에 본 음식을 주겠는가?

그들은 결국 쫄쫄 굶은 채 그날 밤을 지새울 수밖에 없었다.

"끄응…… 배고파 죽겠네."

아르투르를 비롯한 동료들은 오늘따라 힘들었다.

그럴 수밖에 없었다.

전투란 목숨을 담보로 하는 행위다. 몸도 그 사실을 알기에 있는 에너지 없는 에너지 다 끌어다 썼는데 하나도 보충이 되지 못했으니.

"씹쌔끼."

그랬기에 아르투르는 자신을 욕하는 동료들에게 미안해서 뭐라 말도 못 하고 쭈그려 자야 했다.

그러나 그마저도 맘대로 잘 수가 없었다.

"전원 기상. 여기 괜찮은 거야? 어?"

문이 벌컥 열리고 들어오는 사람들.
그들의 얼굴은 창백하기 그지없었다.
"그래, 멀쩡하다. 왜? 우크라이나군이라도 쳐들어오는 거야?"
시큰둥하게 말하는 동료들.
그러나 달려온 동료는 안도의 한숨을 내쉬었다.
"미친 새끼들. 너희들 죽다 살았어, 인마!"
"뭐가?"
"오늘 저녁. 설마 안 먹은 거야?"
"저 새끼가 다 엎어 버렸다. 왜?"
"다행이다! 다행이야."
"뭐가 다행이야?"
"거기에 독이 들어 있었다더라."
"뭐?"
"그게 무슨 소리야!"
그 말에 기운이 빠져서 늘어져 있던 병사들이 후다닥 자리에서 일어났다.
"아니, 잠깐! 그게 무슨 소리야? 어? 독이라니?"
"독이라고. 지금 난리 났어. 족히 수천 명은 죽었어."
"수…… 수천 명?"
"그래."
버려진 마을에 버려진 음식물.
식량이 떨어진 병사들이 그걸 먹으려고 조리하는 건 너무

나도 당연한 일이었다.

"독……이 들어 있었다고?"

"그래, 우크라이나 놈들이 독을 타 놨다고."

그 말에 다들 소름이 돋은 얼굴이 되었다.

버리고 가는 음식에 독을 타 두었을 거라고 누가 상상이나 했겠는가?

"미친. 그래서 얼마나 죽은 거야? 정말 수천 명이? 아니, 왜 그렇게 많이 죽은 거야?"

"몰라. 지금 난리 났어."

사실 거기에 탄 독은 지연성 독이었다.

먹으면 바로 피를 토하거나 부르르 떨면서 죽는 건 강력하기는 하지만 그 대신에 이상 징후가 빨리 나타난다.

그에 비해 이 지연성 독은 먹고 네 시간에서 다섯 시간이 지나야 효과를 발휘한다.

먹을 놈들이 다 먹은 후에 작용하니 엄청난 타격을 줄 수밖에 없다.

"미친……."

그들은 질렸다는 얼굴이 되었다.

"너희들도 빨리 도시 수색해."

얼마나 죽었는지 알 수조차 없는 상황.

그들은 현재의 상황에 부르르 떨 수밖에 없었다.

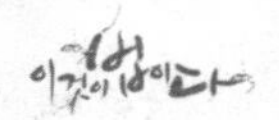

“4천 명이 죽었다고?”

단 하루에 4천 명이 죽었다.

이곳에서 나온 식량을 나눠 먹은 대부분의 인원이었다.

며칠간 제대로 된 음식을 먹지 못해서 음식을 거절한 사람은 거의 없었다.

극히 일부 부대에서 짬밥에 밀려서 못 얻어먹거나 부상 등으로 먹지 못한 인원들을 제외하고는 대부분이 먹었고, 그 대부분이 죽었다.

그나마 운이 좋은 부대는 아무도 죽지 않았다.

모든 음식에 독이 든 게 아니라 일부 음식에 독이 들어 있었는데, 하필 그걸 배급받지 못하거나 한꺼번에 끓이지 않은 놈들이었다.

“하…… 씨팔.”

아르투르는 벽에 기대어서 멍하니 천장을 바라보았다.

우크라이나군은 얼굴도 보지 못했는데 전투로 백여 명이 죽고 독으로 4천 명이 죽었다.

가장 큰 문제는 대다수의 운전병과 기갑 운전병이 독에 당해 뒈졌다는 거다.

이제는 기름도 없거니와, 기름을 가져온다 해도 차량이나 기갑을 몰아서 운전하거나 싸울 사람이 한 명도 없다.

운전병뿐만 아니라 포수 그리고 장교까지 싹 다 죽어 버렸기에 부대가 거의 와해되다시피 한 상황.

"이게…… 무슨."

날벼락도 이런 날벼락이 없었기에 아르투르는 완전히 지쳐 버렸다.

"아르투르, 교대야."

"교대?"

"그래. 경비는 서야 할 거 아냐."

동료가 오자 그는 피식 웃었다. 그건 맞으니까.

그런데 이 상황에서 경비가 무슨 의미가 있을까?

"그래, 경비 서면 되는 거지?"

"그래야지. 다른 애들 깨우지 말고 나가."

인원이 부족하기에 말 그대로 극히 일부만 제외하고는 경계 임무에 투입된 상황. 사건이 터지고 이틀이 지났지만 그 상황에서 이들이 할 수 있는 건 없었다.

"해야지."

아르투르는 경계 근무를 가기 위해 힘없이 밖으로 나갔다.

그리고 경계를 서고 들어온 남자는 그가 나간 자리에 그대로 드러누워서 잠들었다.

둘 모두, 어디선가 '쉬익' 하고 낮은 소리가 들린 건 알아차리지 못했다.

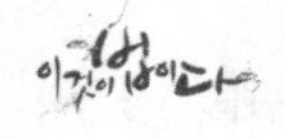

⚖

아르투르는 피곤한 몸을 이끌고 교대하러 들어왔다. 그러고는 아직도 퍼질러 자고 있는 다음 근무자를 발로 툭 찼다.

"야, 일어나. 교대야."

하지만 다음 근무자는 좀처럼 깨어나지 않았다.

짜증이 난 아르투르는 다시 한번 발로 툭 찼다.

"일어나. 교대라고."

그럼에도 불구하고 꿈쩍도 하지 않는 교대자.

그러자 아르투르는 화가 머리끝까지 나서 다음 근무자를 있는 힘껏 발로 뻥 차 버렸다.

"이 새끼야, 일어나라고!"

하지만 교대자는 여전히 움직임이 없었다.

그제야 아르투르는 뭔가 잘못되었다는 생각이 들었다.

"어? 야? 야!"

아르투르는 다급하게 그에게 다가가 코에 손가락을 대 보았다.

아니, 사실 그럴 필요도 없었다. 그의 몸은 차게 식어 있었으니까.

"이게 무슨. 야! 일어나 봐, 이 새끼 뒈졌어!"

아르투르는 다급하게 다른 동료들을 깨웠다.

하지만 그런 노력은 의미가 없었다. 같은 공간에 있던 놈들은 모조리 차디차게 식은 후였던 것이다.

"이, 이런…… 일이."

딱히 몸싸움이 일어난 듯하거나 피가 낭자한 것도 아니다. 총탄이 발사되거나 폭탄이 터진 흔적도 없다.

그런데도 마치 사신이 지나간 것처럼, 자고 있던 놈들이 모조리 죽었다.

"으……."

아르루트는 그대로 주저앉았다.

흥건하게 그의 바지가 젖기 시작했다.

귀신이 아니라면 수십 명을 어떻게 이렇게 죽일 수 있단 말인가?

"유…… 유령이다! 유령이야!"

아르투르는 그대로 건물을 빠져나갔다. 그리고 미친 듯이 반대쪽으로 달리며 소리 질렀다.

"유령이야! 우크라이나의 유령이 우리를 죽이려고 온 거야! 으아아아!"

그러나 그 텅 빈 마을에 대꾸하는 사람은 단 한 명도 없었다.

⚖

우크라이나군은 뭔가 귀신에 씐 느낌이었다.

수백 대의 차량을 지키는 사람이 거의 없었기 때문이다.

자신들이 몰려가자 소수의 러시아 병사들은 다급하게 도망갔고, 남은 건 수백 대의 전차와 장갑차 그리고 트럭뿐이었다.

"뭐야?"

"죄다 어디로 간 거야?"

우크라이나군은 버려진 차량들을 보면서 어이가 없었다.

"이거 위험한 거 아닙니까?"

"위험한 걸지도 모르지만, 함정치고는 이상하지 않아?"

고작 1개 대대를 섬멸하고자 수백 대의 차량을 미끼로 사용한다? 그게 무슨 의미가 있을까?

"연료는 거의 없네요."

"다른 건?"

"포탄이랑 다른 건 멀쩡한데……."

"뭐지?"

대대장은 떨떠름한 얼굴로 결국 천천히 전진했다.

그러나 보이는 건 텅 비어 버린 건물들뿐.

몇몇 움직이는 사람들이 보이는 듯도 했지만 선두에 있던 드론이 공격하는 걸 봐서는 그들도 결국 도주할 듯했다.

"대대장님, 저 앞에 보이는 마을로 들어가시랍니다."

그때 통신병이 다급하게 달려와서 말했고, 대대장은 고개를 돌려서 그곳을 바라보았다.

"저 마을에?"

"네."

"뭐가 있는데?"

"모르겠습니다. 다만 적 병력이 소수 살아남아 있을 수 있다고, 주의는 하라는데."

"알았어."

대대장은 부대를 이끌고 조심스럽게 마을로 들어갔다.

그러나 저항은 거의 없었다. 도리어 숨어 있던 일부 러시아 병사들이 다급하게 밖으로 나왔다.

"항복, 항복."

"살려 주세요!"

저항의 의지는커녕 그들의 눈에 가득한 건 오로지 공포뿐이었다.

그리고 대대장은 마을 안에서 벌어져 있는 상황에 충격을 받았다.

"이게 무슨."

방마다 가득한 러시아군의 시체들.

전투의 흔적도 없이 시체만 가득한 고요한 광경에 우크라이나군은 아무런 말도 할 수 없었다.

"에헤헤헤."

"대대장님, 이놈은 완전히 미쳐 버렸는데요?"

얼마간 당혹스러운 눈으로 그 모습을 바라보고 있자니 부하 중 한 명이 정신이 완전히 나가 버린 아르투르를 발견해

끌고 왔다.

그를 본 대대장은 고개를 흔들었다.

"이게 무슨……."

상황은 알 수 없었지만 한 가지는 확실했다.

자신들은 이겼다.

하지만 영 찝찝한 승리라는 걸 부정할 수 없었다.

⚖

노형진에게 로버트가 보고서를 제출했다.

"우크라이나에서 날아온 보고서입니다."

"어떻답니까?"

"대단한 실적이라고 합니다. 충격적일 정도라고요. 족히 만 명 이상은 죽었을 거랍니다."

"그랬겠죠. 뭐, 다음번에도 이렇게 하기는 힘들 겁니다만."

노형진은 이다음 세대의 전쟁이 시가전이 될 거라는 걸 알고 있었다.

아니, 사실 누구나 예상하고 있었다.

인간이 사는 거의 대부분의 곳은 도시화 과정을 거치면서 튼튼한 현대 건조물로 바뀌었으니까.

그리고 그렇게 콘크리트와 벽돌로 만든 수많은 건물들은 충분한 방어력을 제공했으니까.

"그러니 생각을 바꿔야 했다는 거죠."

기존의 전쟁은 전면전에서 테러와의 전쟁에 대비하는 방식으로 바뀌었다.

이를 반대로 말하면, 이제 다시 전면전이 시작되었음에도 불구하고 교리는 바뀐 게 없다는 거다.

"이제 시가전 교리를 바꿔야 할 겁니다. 우리가 새로운 교리를 만들어 냈으니."

무선 저격총과 무선 대전차미사일만이 아니다.

벽에 붙일 수 있는 적외선 방식의 부비 트랩, 그리고 밀폐된 방 안에 설치하는 무선 일산화탄소 살포기는 러시아군에 큰 피해를 입혔다.

적외선 부비 트랩의 경우는 감지 장치와 폭탄의 위치가 다르다.

그래서 더 앞쪽에 설치된 적외선 감지 장치에 선두가 닿으면 후방에 있는 팀까지 전부 살상 반경에 들어가기에, 과거에 쓰던 인계 철선처럼 서너 명이 아니라 1개 분대, 상황에 따라서는 1개 소대 이상을 한 번에 날려 버릴 수 있다.

감지기와 연결된 폭탄만 늘리면 그만이니까.

일산화탄소 살포기 역시 마찬가지.

병사들이 텐트에서 자는 걸 좋아하지는 않을 거다. 특히나 요즘처럼 추운 때에는 더더욱.

그러니 사방이 벽으로 막힌 건물에서, 설사 창문 같은 곳

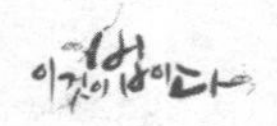

에 구멍이 좀 나 있어도 대충 틀어막고 잘 거다.

그곳에 일산화탄소를 살포하면 폭탄보다 훨씬 빠르고 조용하게 자고 있는 자들을 죽여 버릴 수 있다.

냄새도, 자극도 없기에 그곳에서 자던 자들은 아무것도 느끼지 못하고 죽게 된다.

물론 폭탄도, 살상은 가능하지만 한 곳이 터지면 소란에 죄다 튀어나온다는 것이 문제다.

그러나 일산화탄소 살포기는 다르다.

소리도, 냄새도 없으니 밤새도록 은밀하게 터져 나온 가스로 러시아군을 깡그리 죽여 버렸다.

"독극물도 마찬가지고요."

"설마 21세기에 그런 방법을 쓰지는 못할 거라 생각한 걸까요?"

"그렇겠죠."

사실 독극물을 이용한 방어, 즉 청야 전술은 아주 오래된 전술이다.

다만 최근 전투에서는 거의 사용되지 않았다.

왜냐하면, 예나 지금이나 우선순위는 보급이니까.

실제로 군대가 보급을 우선시하고 중요시하게 된 것은 청야 전술로 인한 피해 때문이기도 하다.

'러시아는 이번 전쟁에서 제대로 된 보급이 이뤄지지 않았지.'

전쟁 초반부터 극단적 약탈이 이루어졌다.

어느 정도냐면 러시아군이 배고파서 우크라이나 경찰서에 자수하러 올 정도로 개판이었다.

전쟁 초기 그들을 유지한 건 현지에서 이루어진 약탈 행위였다.

“이제는 약탈을 못 할 겁니다. 한다고 해도 피해가 극단적으로 늘어나겠지요.”

“그렇겠죠.”

약탈해서 배를 채운다?

당연히 그들 중 누군가는 독극물에 중독되어서 죽어 나갈 거다.

현대전에서 거의 사라진 건 맞지만 청야 전술 또한 명백하게 전략 중 하나.

“어차피 민간인 피해도 없을 테고.”

청야 전술의 기본은 민간인까지 모두 대피한 곳에서만 이루어진다는 거다.

그러니 러시아의 피해만 엄청나게 커질 거다.

“이제는 실내에서 잠도 못 잘 겁니다.”

불안하니까. 막힌 공간에서 자다가는 언제 어떻게 죽을지 모르니까.

“그렇잖아도 러시아 쪽에서 이상한 소문이 돌더군요.”

“이상한 소문요?”

“우크라이나의 유령이 자신들을 잡으러 왔다고.”

"하하하!"

그 말에 노형진은 크게 웃었다.

"자기들이 잘못한 건 아나 봅니다."

"그 병사들, 사기가 엄청 떨어지겠는데요?"

"그럴 겁니다."

먹지도, 마시지도, 자지도 못하게 하는 상황에서 그들이 할 수 있는 일은 그다지 많지 않다.

물론 그런다고 해서 우크라이나 침략을 멈추지는 않을 거다.

"하지만 군대라는 조직은 뻔하거든요."

해결을 해 주는 게 아니라 일단 약탈을 막는 게 우선일 게 뻔하다.

식량은 주지 않으면서 약탈도 하지 말고 물도 마시지 말라고 하는데 전투력이 유지될 리가 없다.

"자기 전에 수색을 해 볼 수야 있겠지만."

그 많은 곳을 다 수색하는 것도 무리고, 수색하다가 잘못해서 놓치기라도 하면 수십 수백이 죽어 나가게 된다.

그럴 때는 그냥 가스가 빠져나갈 수 있는 밖에서 자라고 할 거다. 군대니까.

"더군다나 이번에 우크라이나에서 노획한 장비들이 엄청 나니까요."

대부분의 병력이 독과 가스에 죽고 살아남은 사람들은 도망갔다.

상식적으로 살아남은 사람들이 10분의 1도 안 되는데, 그리고 장교들이 싹 다 죽었는데 남아서 지키려고 할 사람은 없었다.

장교들이 꼴에 장교라고 좋은 집에서 잤는데 그 집에는 100% 가스가 설치되어 있었기 때문이다.

수백 대의 기갑과 차량 그리고 무기가 우크라이나의 손에 들어왔고, 이제 그건 우크라이나를 지키는 데 사용될 거다.

"러시아가 이 정도에서 포기할까요?"

"아니요. 안 할 겁니다. 아니, 못 할 겁니다."

체르덴코는 여기서 물러날 수가 없다. 그러면 패전의 책임을 져야 한다.

그리고 러시아의 특성상 권력을 내려놓는 순간 그는 죽는다.

"그러니 어떻게 해서든 이번 전쟁을 승리로 이끌려고 할 겁니다."

그리고 아직 기회가 있다고 믿을 거다.

"애석하게도 저는 그냥 두고 볼 생각이 없지만요."

노형진은 자신 있게 말했다.

"전쟁은 이제 시작입니다, 후후후."

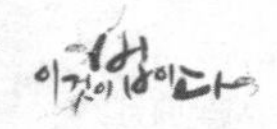

약탈자들

노형진은 이번 전쟁에 대비해서 막대한 자금을 확보해 놨다. 그리고 그걸로 모조리 러시아 계열 회사들에 공매도를 걸었다.

대부분의 사람들은 러시아가 진짜로 전쟁을 일으킬 거라고는 생각하지 않았다. 그랬기에 마이스터와 미다스가 공매도를 걸 때 미친 짓이라고 했다.

하지만 지금 그 기업들의 주가는 바닥을 향해 미친 듯이 떨어지고 있었고, 노형진은 막대한 부를 얻을 수 있었다.

그리고 그 돈은 자연스럽게 우크라이나에 투자되었다.

그런데 그런 투자에는 카진스키조차 이해하지 못할 일이 있었다.

"노트북은 왜 보낸 건지 아직도 모르겠다고 합니까?"

"네."

"이해가 안 가네요. 아무리 중고라고 하지만."

노형진이 보낸 물건 중에는 막대한 양의 사치품이 있었다.

그랬다, 사치품.

"우리한테 필요한 건 사치품이 아니라 탄약과 총인데."

그런데 전쟁 직전 막대한 양의 사치품을 보낸 노형진.

심지어 그걸 우크라이나 정부에 준 것도 아니다. 모조리 일반인에게 뿌렸다. 황당한 일이었다.

"아직은 비밀이라고 합니다."

"비밀이라……. 아무리 생각해도 모르겠군요."

고개를 절레절레 흔드는 카진스키.

"일단 러시아군의 진격은 소강상태인 거죠?"

"네."

러시아군은 기름이 떨어져서 결국 멈췄다.

그마저도 노형진이 짠 함정에 병사들이 죽어 나가서 그걸 그대로 우크라이나에 약탈당했다.

"그나마 다행이기는 한데……."

"그리고 다행히 한국에서 보내 준 시가전용 장비들이 상당히 좋은 효과를 발휘하고 있습니다."

"하긴, 그거 밖에서는 확인할 방법이 없다면서요?"

"네."

확인하는 방법은 하나, 건물에 돌입해서 직접 박살 내는 것뿐이었다.

"대전차미사일의 효과도 대단하고요."

있을 리가 없다고 생각한 위치에서 갑자기 튀어나오는 대전차미사일은 러시아군의 전차와 장갑차에는 악몽이나 마찬가지였다.

대전차미사일 같은 경우는 후폭풍 때문에 사람이 없는 곳에서 써야 한다.

밀폐된 공간에서는 발사자도 위험할 수 있다. 그렇기 때문에 대부분 개활지 또는 옥상 등에서만 사용 가능하다.

하지만 무선 대전차미사일의 경우에는 직접 운용하는 사람이 없으니 작은 방에서도 발사가 가능하다.

당연히 도시에 있는 모든 건물의 모든 방이 경계 대상이 되어 버리는 셈이라 러시아군에서는 미치고 팔짝 뛸 일이었다.

"러시아에서 다급하게 병력을 밀어 넣고 있습니다만, 도시를 점령하는 게 쉽지는 않을 겁니다."

부비 트랩을 확인하기 위해 조심스럽게 움직이는 사이 무선 저격총이나 무선 기관총이 움직이는 표적을 걸레짝으로 만들고 있으니까.

"러시아에서 아직 포병은 투입하지 않았습니까?"

"네, 다행히."

"다행히라……. 어지간히 만만하게 보였나 보군요."

사실 러시아의 전술은 압도적 화력으로 건물이고 뭐고 다 박살 내면서 들어오는 거다.

하지만 지금 러시아는 별 고생 하지 않아도 우크라이나를 집어삼킬 수 있을 거라 생각해서인지, 그들의 특기인 초토화 전술을 쓰지 않고 있었다.

"그나마 방어선을 유지하고는 있습니다만."

"미국의 지원은요?"

"아직 결정되지 않았습니다만 조만간 결정될 듯합니다."

"버틸 수 있겠습니까?"

"가능합니다."

"죽다 살았군요."

사실 러시아군은 우크라이나의 수도인 키예프, 아니 키이우의 거의 코앞까지 닥쳐온 상황이었다.

아무리 우크라이나가 준비하고 있었다 해도 훈련된 병력을 배치하는 데에는 시간이 필요할뿐더러 무기도 충분치 않았기 때문이다.

그때 도움을 준 게 아레스 밀리터리 그룹이었다.

비록 아레스는 민간 군사 기업이고 우크라이나에 고용된 것도 아니지만, 그들이 판매해 준 무기들은 지금 러시아의 진격을 막고 우크라이나를 지키는 데 큰 도움이 되고 있었다.

"그래도 인원이 부족해요. 아무리 후방에서 훈련시키려 한다 해도."

징집령이 내려진 상황이지만 그들이 훈련하고 제대로 된 전투 능력을 가지려면 못해도 서너 달은 걸릴 거다.

"차라리 그냥 투입하는 게 어떨까요?"

"그러면? 이길 수나 있겠습니까? 결국 갈려 나가는 겁니다."

미국에서는 아무리 다급해도 훈련도 못 한 전투 병력을 밀어 넣지 말라고 했다.

다행히 총력을 다하자 어느 정도 막을 수는 있었기에 그들을 훈련시키기 위해 우크라이나는 최선을 다하고 있었다.

"드론이 여러모로 도움이 되기는 합니다."

"그렇기는 하지만."

한국은 드론 강국이 아니다.

도리어 중국이 강하면 강했지, 한국은 자체 드론은커녕 애초에 한국군에 드론이라는 개념조차도 거의 없다시피 하고 개무시하는 상황이었다.

그런데 뜬금없이 한국계 기업이 우크라이나에 드론 공장을 만들겠단다. 그것도 군사용.

그리고 그곳에서 생산되는 드론은 현재 전선에서 러시아군을 필사적으로 막는 데 소비되고 있었다.

"하지만 그래도 여전히 문제가 없는 건 아니에요."

보급이 끊어졌다고 해도, 그래서 제대로 된 지원이 어렵다 해도 처음에 투입된 러시아군의 숫자는 절대로 적지 않았다.

당장 라스푸티차 영역에서 벗어나 계속 싸우는 병사들의

숫자가 십수만이고, 그들을 막기 위해 우크라이나군은 필사적으로 몸부림치고 있었다.

"아레스에서의 병력 투입은 없답니까?"

"애석하게도요."

아레스는 군사 기업이기는 하지만 보병 전력이 강한 건 아니다.

아프리카의 경우에는 그 지역에서 인원도 보충했고, 중국에서 쿠데타를 밀어주고 나라를 통째로 먹으려 한 후 그걸 막기 위해 각 나라가 아레스 밀리터리 그룹을 고용한 덕분에 상대적으로 강한 힘을 가지고 있기는 하지만, 러시아와 승부를 볼 정도는 아니다.

"아쉽군요."

"대신 다른 방법이 있다고 합니다."

"다른 방법?"

"네, 그런데 비밀리에 만나서 말씀드려야 한다고."

"음……."

그 말에 카진스키는 고민했다.

다들 우크라이나가 당연히 무너질 거라 생각할 때 적극적으로 손을 내민 아레스 밀리터리 그룹이다.

미국의 도움이 확실하지 않은 현 상황에서 유일하게 붙잡을 수 있는 끈.

"일단 만나 보도록 하지요."

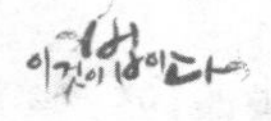

카진스키는 고개를 끄덕거렸다.

⚖

"적의 보급기지와 주요 병참기지 말입니까?"
"네."
"그걸 어떻게?"
카진스키는 눈을 크게 떴다.
마침내 이루어진 아레스 측과의 만남.
그 자리에서 뜻밖의 정보를 들은 카진스키는 놀랄 수밖에 없었다.
물론 미국이 은밀하게 정보를 주고 있기는 하다. 하지만 최근에 만들어진 병참기지나 보급기지에 대한 정보는 아직 없었다.
그런데 이들은 그걸 어떻게 안단 말인가?
"음, 믿으실지는 모르지만 러시아군이 알려 줬습니다."
"러시아군이요? 내부 첩자라도 있나요?"
"그럴 리가요. 다만 러시아군이 약탈을 한 게 함정이었습니다."
"약탈?"
"그놈들이 약탈을 벌이는 건 이미 소문이 파다하게 나지 않았습니까?"

"그렇죠."

현재 러시아군은 노트북에서부터 핸드폰, 심지어 텔레비전까지 닥치는 대로 훔쳐서 자국으로 보내고 있다.

군대라기보다는 거의 약탈자 수준이다.

그 사실은 카진스키도 잘 알고 있었다.

사람이 있다고 약탈을 자제하는 것도 아니다. 사람이 있으면 대가리를 쏴 버리고 가져가는 상황이다.

"그런데 그게 왜……?"

"미다스께서는 그걸 예상하셨습니다."

"뭐요?"

그 말에 순간 소름이 돋았다.

그런데도 고급 사치품들을 전방에 뿌렸다?

"그걸 훔쳐 갈 거라 생각해서 뿌렸다 이겁니까?"

"네."

"돈이 한두 푼이 든 게 아닐 텐데?"

"사실 돈은 별로 안 들었습니다."

노트북도 TV도 중고였다. 금으로 보이는 목걸이나 반지도 그냥 도금이었다.

"그리고 그 안에 은밀하게 위치 추적기를 달아 놨습니다."

"위치 추적기를 달았다고……요?"

"그들이 그 물건을 어디에 두겠습니까?"

"아!"

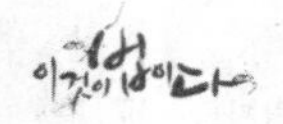

큰 물건은 당연히 본국으로 보내기 위해 후방으로 뺄 테고, 작은 물건은 혹시나 빼돌려질 상황을 대비해서 가지고 다닐 거다.

"그런데 재미있는 결과가 나오더군요."

그는 뭔가를 꺼내서 카진스키에게 내밀었다.

"보다시피 여기, 특정 지역에서 위치 수신 신호가 압도적으로 많이 발신되고 있습니다."

지도상으로는 숲 한가운데였다.

그리고 그들이 알기로는 거기에는 아무것도 없었다.

"미국도 여기에 뭐가 있다는 소리는 하지 않았죠?"

"네."

"아마 그럴 겁니다. 아직 미국은 간을 보고 있는 상황이니까요."

우크라이나를 도와줘야 할까, 아니면 방치해야 할까?

사실 도와주고는 싶지만, 그런 문제에 대해 미국은 예민할 수밖에 없었다.

그들의 지원을 받고 성공한 사례는 한국뿐이기 때문이다.

2차대전 때 지원해 준 소련은 뒤통수를 후려쳤고, 베트남은 모조리 해 처먹다가 망했고, 아프카니스탄은 그나마 아레스가 들어가서 조금씩 안정되는 상황.

아니, 한국도 완벽한 성공은 아니었다.

일단 침략만 막은 데다가, 얼마나 해 처먹었는지 병사로

모집한 수십만을 굶겨 죽였던 나라니까.

그러니 지원에 대해서 신중해지는 건 어쩔 수가 없었다.

“미국은 우크라이나가 스스로 지킬 의사가 있고 그런 노력을 한다는 걸 알아야만 지원할 겁니다.”

“음…….”

“그리고 그러기 위해서는 러시아에 타격을 줘야 하고요.”

아레스의 담당자의 말을 카진스키는 부정하지 못했다.

“그런데 이게 사실입니까?”

“네.”

부족하기 이를 데 없는 보급품. 그걸 러시아는 필사적으로 지키고 있다.

그리고 그걸 감추기 가장 좋은 곳은 다름 아닌 숲이다.

숲에다 감춰 두고 위장막만 잘 설치하면 항공관측이나 위성으로는 추적이 불가능하니까.

“그걸 예상했단 말입니까?”

“약탈은 모든 전쟁에서 나타나는 현상입니다.”

약탈하지 않는 잘 훈련된 강군? 그런 부대는 거의 없다.

미군이 약탈하지 않는 건 그들이 잘 훈련된 까닭도 있지만 그들이 전쟁하는 지역에서 지역민이 가지고 있는 물건의 가치가 미군에 쓰레기 이상의 의미가 없기 때문이다.

“하지만 러시아는 아니다 이거군요?”

“네.”

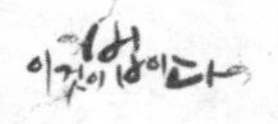

우크라이나는 가난한 나라다.

그렇다면 러시아는 잘사는 나라냐? 아니다.

더군다나 러시아의 군 기강은 바닥이다.

“애초에 약탈을 하지 않을 정도로 제대로 훈련받은 강군이었다면 우크라이나군은 아마 2주를 버티지 못했을 겁니다.”

“그건…….”

부정할 수 없는 사실이다.

아무리 노력해도 그런 강군을 이길 수는 없다.

“그래서 이들의 위치를 추적한 겁니까?”

“맞습니다. 그리고 그곳만이 아니죠.”

그들의 모든 움직임이 드러나 있었다.

숨겨 둔 기지, 보급창 그리고 그들의 동선.

각자 약탈한 물건을 챙겨 돌아갔고, 작은 금붙이나 보석, 핸드폰 같은 건 누가 훔쳐 갈까 봐 직접 가지고 다니고 큰 건 집으로 보내기 위해 후방으로 보냈다.

‘초반에 어떻게 해서든 그들의 움직임을 제한해야 한다.’

그게 노형진의 계획이었다.

물론 완벽하게 막지는 못할 거다.

하지만 그들이 움직이는 걸 막으면 갈수록 피해도 줄어들 거라고 예상하는 건 어려운 일이 아니었다.

“이 정도 거리면 드론으로 공격이 가능하죠.”

“드론으로?”

"네. 이런 곳에 대공 무기가 있어 봤자 얼마나 있겠습니까?"

숲이라는 특성상 대공 무기의 한계가 명확하다.

발사하고 싶어도 나무가 방해되니까.

"하지만 우리 쪽에서도 나무가 방해될 텐데요?"

미사일을 쏴 버리면 먼 거리에서 공격이 가능하기야 하겠지만 미사일은 가격도 비싸고 그 파괴력이 너무 강해서 정작 너무 큰 대상에 피해를 주는 데에는 한계가 있다.

아예 전차라면 완파시킬 수 있지만 잔뜩 쌓아 둔 물건들은 도리어 파괴하기가 힘들다.

"그렇다고 벼락을 쓰자니……."

벼락의 경우는 화염병을 떨어트린다는 특성상 아주 지근거리까지 접근해야 한다.

아무리 조준 시스템이 좋아졌다 해도 그걸 높은 곳에서 정확하게 떨구는 건 절대로 쉬운 일이 아니다.

"그래서 저희가 더 좋은 물건을 가져왔습니다."

"뭡니까?"

"이겁니다."

아레스의 담당자가 밖으로 신호하자 몇몇 사람들이 뭔가를 가져왔다.

"이게 뭡니까? 새로운 드론의 기본 모델입니까?"

척 봐도 두껍고 둔하게 생긴 드론이었다.

"자폭 드론입니다. 아니, 방화 드론이라고 표현하는 게 맞겠네요."

"방화 드론?"

"이 몸통에 네이팜탄을 넣어서 들이박을 겁니다."

"하지만 드론은 가격이 비싼데요?"

"이건 쌉니다. 애초에 이게 끝이거든요."

"뭐라고요?"

그 말을 카진스키는 이해하지 못했다. 이게 끝이라니.

그는 아레스의 직원과 드론을 번갈아 보다가 설마 하는 얼굴로 물었다.

"설마, 이거…… 모형이 아니라 실물입니까?"

"네."

"아니, 이게 가능하다고요?"

"불가능한 건 아니죠."

카진스키가 놀라는 이유는 간단했다. 드론이라며 가져온 건 아무리 봐도 종이로 만들어져 있었으니까.

"정확하게는 골판지입니다. 압축 종이죠."

실제로 종이도 압축만 잘하면 충분한 강도가 나온다. 그래서 특정한 물건을 배송할 때에는 완충재 대신 쓰기도 한다.

"하지만 결국 종이 아닙니까?"

"종이죠. 그래서 더더욱 좋은 겁니다."

"어째서요?"

"어차피 안 쓸 거 아닙니까?"

"네?"

"우리가 노리는 건 건물이나 탱크나 기갑이 아니니까요."

저런 숲에서, 긴급하게 만든 보급기지에 콘크리트 벽이 있겠는가, 아니면 차폐 벽이 있겠는가?

기껏해야 천으로 만든 텐트 정도일 것이다.

"불태우기에 딱 좋은 상황이라는 거죠."

넓은 지역을 모조리 날려 버리는 강한 힘을 발휘하기는 힘들지만 천천히 저 안을 불태울 수는 있다.

"그리고 저들은 자기들이 숲에 숨은 게 잘한 일이라 생각할 겁니다."

"하지만 그건 아니라는 거군요."

"불은 모든 걸 집어삼킵니다."

생나무는 잘 타지 않는다. 그건 상식이다.

그래서 불을 피울 때는 바짝 마른 나무를 써야 한다.

하지만 그건 어디까지나 불이 작을 때의 이야기다.

네이팜탄같이 강력한 불길이라면 아무리 숲에 있는 생나무라 해도 안 탈 수가 없다.

그리고 숲에 불이 났는데, 그 숲에 있던 병사들이 과연 살아남을 수 있을까?

"그에 반해 이 드론은 싸죠."

폭탄이 아닌 네이팜탄이 들어가는 물건이다. 그리고 외부는 종이다.

비쌀 이유가 없다.
물론 어찌 되었건 군사 무기인 만큼 아주 싼 가격은 아니겠지만 그 효과를 생각하면 비싸다고 하기도 힘들다.
"그들이 어디 있든 결국 우리 아래에 있는 겁니다."
아레스의 직원은 자신 있게 말했다.

숲에는 러시아군의 보급기지가 있었다.
그나마 간신히 보급된 물건들은 이곳에서 주요 전쟁터로 배급되었다.
"이건 해도 해도 너무하네."
"뭐가?"
"아니, 보급품보다 약탈품이 많다는 게 말이나 돼?"
그곳을 관리하던 병사들은 어이없다는 듯 말했다.
"씨팔, 일선에서는 먹을 게 없어서 쫄쫄 굶고 있다는데."
먹을 게 없어 점령 지역에서 음식을 약탈해서 먹다가 독극물에 당해 수천 명이 죽었다는 소식을 러시아 정부는 철저히 감추고 있었지만 보급 부대에까지 감추기는 어려웠다.
그들에게 식량을 주던 게 이곳, 보급 부대니까.
하지만 그들을 돕기는 어려웠다.
보급품이 있긴 하지만 당장 옮길 방법이 없기 때문이다.

"그렇잖아도 트럭도 부족해 죽겠는데."

한구석에서 내려지는 짐을 보면서 병사들은 어이가 없었다.

노트북, TV, 냉장고, 세탁기 등등 돈이 되는 거라면 진짜 닥치는 대로 약탈해 오고 있었으니까.

그렇잖아도 부족한 인원을 약탈에 동원하다 못해 트럭까지 징발해서 비싼 물건을 실어 오는 부대장의 행태에 부하들은 화가 났지만 뭐라고 할 수가 없었다.

"어, 여보, 난데. 우리 TV 몇 인치지? 40인치? 이번에 60인치로 바꾸자. 그래, 돈 걱정은 말고. 그런데 어디 게 좋아? 중국산? 한국산? 미국산? 개소리하지 말고 한국산으로 가져오라고? 아, 그래? 그러지 뭐. 아, 그리고 세탁기는? 그것도 한국산? 미국산은 전기가 안 맞아? 아, 그렇겠네. 그러면 냉장고도 한국산으로? 다 한국산으로 하자고?"

심지어 소령이라는 작자는 아예 보급 트럭 하나를 징발해서 자기가 약탈한 물건을 집으로 보내려 하고 있었다.

최전방에서 수송 중이던 트럭들이 불타고 우크라이나군에 빼앗겼지만 그에 대해서는 전혀 신경 쓰지 않는 눈치였다.

"남는 물건 팔 수 없을지, 적당한 업자 하나 찾아서 알아봐 둬. 물건은 충분하니 걱정 말고."

그렇게 통화하면서 걸어가던 소령은 투덜거리던 병사 두 명과 눈이 마주쳤다.

그는 전화를 끊지 않고 대신 손을 까딱해 트럭을 가리켰다.

짐을 같이 실으라는 소리였다.

병사 두 명은 그런 명령에 속으로 투덜거리면서도 트럭으로 다가갔다.

"다 뒤집어엎을까?"

"그러지 마라. 옆 부대에서 말 안 듣는다고 쏴 버린 거 몰라?"

"나도 들었어. 경계 근무 나가는 사람을 약탈 부대에 보내려다가 경계 근무하러 나간다고 하니까 쏴 버렸다면서?"

"너도 조심해, 그러다 죽지 말고. 전방에서 총질하는 것보다는 낫잖아. 수천 명이 죽어 나자빠졌다는데."

"뭐 같네, 진짜."

그들은 툴툴거리면서도 열심히 트럭에 온갖 약탈품을 날랐다. 그때 갑자기 사방에서 총성이 울렸다.

"뭐야?"

"드론이다!"

"드론?"

"어디?"

드론.

러시아군은 최근에 드론에 혼쭐이 나고 있었기에 다들 다급하게 사방을 둘러봤다. 하지만 나무가 무성한 숲 한가운데에서 드론이 쉽게 눈에 띌 리가 없었다.

"숨죽이고 입 닥치고 있어!"

동료 역시 언제나처럼 엎드려서 손가락을 입술에 대고 있었다.
이들이 아는 드론은 미사일 드론과 정찰 드론이다.
미사일 드론은 자기들 눈에 들어오기도 전에 이미 쏴 버릴 테지만, 정찰 드론은 위장만 잘하면 피할 수 있다.
그들이 그렇게 침묵을 지키고 있는 사이 하늘에서 천천히 드론들이 모습을 드러냈다.
"아니, 저 새끼들 대체 몇 대를 보낸 거야?"
보통 드론은 한 대 보낸다.
그런데 척 봐도 수십 대의 드론이 날아왔다.
"견제사격 해야 하는 거야?"
"뭐로? 저걸 총으로 쏴서 떨굴래?"
사거리도 안 되고, 설사 맞힌다고 해도 총탄 한두 발에 떨어질 물건도 아니다.
"시팔, 조가튼 거."
그저 입 닥치고, 지나가기를 기다리는 수밖에 없었다.
그러나 그런 기대는 곧 사정없이 박살 났다.
"어어어?"
드론이 갑자기 고도를 낮추더니 그대로 나무를 들이박았기 때문이다.
"뭐야?"
그리고 그 순간 거대한 불길이 사방으로 퍼졌다.
푸확!

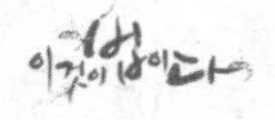

마치 폭발하듯 퍼진 불은 사방을 불태우기 시작했다.

"부…… 불이야!"

다행히 빗나가기는 했지만 드론이 추락한 건 처음이었기에 다들 당황해서 어쩔 줄 몰랐다.

"드론이 추락하면 원래 저런가?"

낯선 상황에 러시아 병사들이 얼어붙어 있는 와중에도 드론들의 추락은 계속되었다.

펑.

"불이다! 오른쪽에 불이……!"

"뒤쪽에도 불이야! 빨리 불을 꺼!"

"왼쪽에도 불이……!"

그제야 러시아 병사들의 얼굴이 노래졌다.

사방이 불이었다. 탈출할 곳도 없이, 불이 그들을 완벽하게 포위하고 있었다.

"불에 포위당했다! 도망쳐!"

"어디로?"

추락, 아니 강습을 한 드론은 병사들이 움직일 수 있는 모든 길을 틀어막았다. 네이팜탄인지 뭔지는 모르겠지만 불길이 워낙 거세서 벗어날 수가 없었다.

"쿨럭…… 쿨럭."

매캐한 연기가 풍겨 오자 병사들은 이리저리 뛰기 시작했다.

하지만 평범한 화재도 아닌 네이팜탄으로 인한 화재는 쉽게 끌 수가 없었다.

방화수는커녕 식수도 제대로 없는 상황이 아닌가?

이미 우크라이나가 독을 이용한다는 사실이 알려지면서 식수도 러시아에서 가지고 와야 했기에 보급 물자 중 물은 이미 일선 부대로 보급하고 이곳에 남은 건 얼마 되지도 않았고, 그렇다고 방화수로 쓸 만한 냇물이 근처에 있는 것도 아니었다.

그리고 그들이 그렇게 허둥거리는 사이 두 번째 악몽이 시작되었다.

펑.

텐트 하나에서 갑자기 불길이 피어올랐다. 당황해서 바라본 순간 위로 드론이 빠르게 지나가는 모습이 확인되었다.

"화염병 드론이다!"

추락, 아니 기습을 한 드론이 사방을 불바다로 만들었다면, 하늘에 떠 있는 드론은 텐트나 물자에 정확하게 화염병을 떨어트렸다.

"끄아아악!"

운 나쁘게 그걸 정통으로 맞은 병사 한 명이 바닥을 나뒹굴면서 살기 위해 몸부림쳤지만 그런다고 꺼질 불이 아니었다.

화염병은 미사일보다 화력도 약하고 느리지만 그 대신에 훨씬 싼 물건이기 때문인지 우크라이나의 드론은 사방을 날아다니면서 빠짐없이 떨궈 댔다.

"도망쳐!"

"어디로?"
도망갈 곳은 없었다. 사방이 죄다 불바다니까.
사람 몸으로는 절대로 이 불바다를 벗어날 수가 없다.
"차…… 차에 타!"
병사 하나가 다급하게 차에 올라타 벗어나려고 했다.
차에 불이 붙어도, 이곳만 벗어나면 살 수 있을 테니까.
그러나 차에 타려고 하는 순간 '탕!' 하는 소리가 들리면서 그는 그대로 쓰러졌다.
"누구 마음대로!"
"소…… 소령님?"
차량의 자리는 아무리 욱여넣어도 고작 네 명.
그런데 지금 짐을 옮기는 병사의 숫자는 세 명이다.
"이 개 같은 새끼!"
당연히 병사들은 반격하려 했다.
하지만 이미 소총을 들고 있는 소령이 훨씬 빨랐다.
타타타탕!
총성이 울리고, 짐을 나르던 병사들이 그대로 나가떨어졌다.
"미친한 새끼들이!"
소령은 운전석에 쓰러진 병사의 시체를 끌어내 집어 던지고는, 그대로 시동을 걸고 화염의 바다를 지나서 탈출하기 시작했다.
"이런 데서 죽을 수는 없어. 이런 데서는 못 죽어."

어떻게 해서든 살아야 한다. 그랬기에 그는 다급하게 차량을 몰고 불의 바다를 헤쳐 나갔다.

예상대로 차량과 바퀴에 불이 붙었지만 불의 바다를 나올 정도는 되었다.

"개 같은 우크라이나 놈들. 모조리 죽여서 내장을 씹어……."

그러나 그 욕은 오래갈 수 없었다.

어디선가 날아온 미사일이 그의 차량을 박살 냈으니까.

그렇게 숲에는 불타는 물자들과 탈출하지 못한 시체들이 즐비하게 남았다.

"좋냐?"

"좋지. 이거 롤락스 아냐."

시계를 보면서 히죽거리는 동료의 모습에 다른 병사가 부럽다는 듯 말했다.

"씨팔, 그렇게 허름한 곳에 롤락스가 있을 줄이야."

"그러니까 눈 크게 뜨고 잘 살펴야지."

"옆 중대 어떤 놈은 엄청 큰 금목걸이 건졌다던데."

"우크라이나 놈들 겁나 부잔가 봐."

"수도로 가면 더 비싼 게 많겠지?"

"그렇겠지."

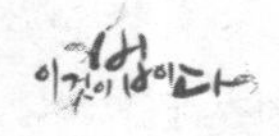

그는 자신이 가진 롤락스가 짝퉁이라는 사실도, 그리고 그 안에 추적 장치가 있다는 것도 모른 채 그저 시계를 보면서 히죽거렸다.

"그나저나 추워 죽겠네. 보급은 언제 오는 거야?"

"곧 오겠지."

"먹을 건 둘째 치고, 총알이라도 줘야 하는 거 아니야? 그냥 삽 들고 우라 돌격이라도 하라는 건가?"

"그럴지도."

"지랄 났네, 진짜."

이들은 자신들에게 오던 보급 부대가 독과 가스에 전멸한 것도, 그리고 그나마 있던 보급기지가 모조리 불타 버린 것도 모른 채로 그저 숨어서 공격의 기회만 노리고 있었다.

"포병은 뭐 한대?"

"나름 포격을 하는 모양이기는 하던데."

"그런데 왜 아직도 저 새끼들이 버티고 있냐고."

"나한테 묻지 마."

이들은 짜증스러운 상황에 티격태격하더니 한숨을 푹 쉬었다.

"밤하늘은 겁나 맑은데. 젠장, 집에 가고 싶다."

"가면? 중대장이 뒤통수에 총알을 박을걸."

"누가 몰라서 그래? 잠이나 좀 처자."

그들은 그렇게 말하면서 다시 한번 잠을 청하려고 했다.

하지만 그런 그들의 시도는 머리 위에서 떨어진 화염병 때문에 실패하고 말았다.

'펑!' 소리와 함께 깨진 화염병에서 퍼진 불이 번져 나가자 그들은 비명을 질렀다.

"끄아악!"

"꺼 줘!"

아무도 이곳을 모를 거라 생각했다.

건물 안도 아닐뿐더러, 주변에는 아무도 없었다.

불도 피우지 않은 채 그들의 부대는 조용히 이곳에서 휴식을 취하고 있었다. 그런데 어찌 된 일인지, 우크라이나군이 그들의 숙영지를 정확하게 알고 습격한 거다.

"도망쳐!"

병사들은 다급하게 도망치려고 몸부림쳤다. 밤하늘에 떠서 제대로 보이지도 않는 드론을 상대로 싸울 수는 없으니까.

더군다나 아예 야간 전용으로 검은색 천까지 댄 드론을 무슨 수로?

"젠장, 빨리 도망을……."

중대장도 낌새가 이상함을 느끼고 도주하려고 했다.

하지만 그 순간'탕!' 소리와 함께 그의 머리통이 날아갔다.

"총?"

그 말에 병사들은 바닥에 납작 엎드렸다.

하지만 그런 그들을 정확하게 노리고 총알이 날아왔다.

"크억."

하나하나 죽어 가는 상황.

그제야 그들은 이 총알이 어디서 날아오는지 알 수 있었다.

"하늘?"

하늘에서 날고 있는 드론. 그 드론이 정확하게 한 명씩 조준 사격하면서 이들을 노리고 있었다.

정작 드론은 보이지 않았지만 총구에서 뿜어져 나오는 화염이 하늘에서 드론이 총을 쏜다는 걸 알 수 있게 해 줬다.

"젠장, 일단 뛰어!"

다급하게 뛰기 시작하는 병사들.

하지만 사람이 아무리 빨리 뛰어도 드론을 이길 수는 없었고, 잠시 후 숙영지 주변에는 불타거나 죽어 버린 시체만이 가득해졌다.

⚖

"금기를 범한 느낌입니다."

"금기요?"

노형진은 보고서를 읽다가 로버트의 말에 고개를 들었다.

"갑자기 무슨 말씀이십니까? 금기라니?"

"아니, 그……. 어떤 나라도 드론에 총을 설치할 생각은 하지 않았잖습니까?"

"그랬죠."

"그런데 우리는 총을 설치했습니다."

"그게 왜 금기입니까?"

"그냥…… 학살하는 느낌이 들어서요."

보통 드론이라고 하면 거대한 덩치에 미사일을 달고 날아다니는 것만 생각한다.

하지만 마이스터의 드론 공장에서 만든 드론은 네 개의 거대한 프로펠러를 이용한 사격이 가능했다.

거기에 소총을 달자는 아이디어를 낸 것은 노형진이었다.

어차피 무인 컨트롤 사격 장비는 달려 있기에 개머리판만 없애면 드론에 총을 다는 건 어려운 일이 아니니까.

"촬영된 영상을 봤습니다. 저항도 못 하더군요."

"할 수가 없죠."

밤에, 하늘에서 총알이 날아오는 상황이다.

드론에는 야시경이 달려 있으니 지상의 상황이 훤히 보일 테고, 명중률은 결코 낮을 수가 없다.

반면 적은 저항 자체가 거의 불가능에 가깝고.

"애초에 그 드론은 야간 참호전을 목적으로 만들어진 물건이니까요."

노형진은 미래가 어떻게 진행되는지 안다.

지루한 참호전이 계속되고 사람은 갈려 나간다.

그리고 그런 상황은 인구가 수십 배나 많은 러시아에 유리

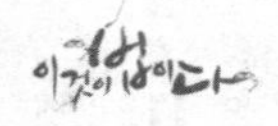

하게 흘러간다.

하지만 야간에 야시경을 단 드론이 날아와 정확하게 조준 사격을 한다면?

이제 참호의 시대는 끝났다고 봐야 한다.

"그건 알고 있습니다. 하지만…… 뭐랄까, 양심의 가책이랄까요?"

그 말에 노형진은 보고 있던 서류를 내려놨다. 그러고는 로버트에게 말했다.

"맨 처음 총이 나왔을 때 활을 쓰던 사람들은 예의도, 정신도 없는 무기라고 했죠."

"그랬죠."

"머스킷 총이 개발되어 대열이 사격하던 시대에는, 참호전이나 기습을 하는 놈들은 낭만도, 예의도 없는 놈들이라고 했습니다."

"끄응……."

"맨 처음 제트전투기가 나왔을 때 기존 전투기 조종사들은 하늘의 기사도가 사라졌다고 했다더군요."

"시대는 발전하고 누군가는 따라가지 못한다는 말씀이군요."

"맞습니다. 우리가 드론을 쓰지 않는다고 해서 과연 러시아도 안 쓸까요?"

쓴다. 미친 듯이 쓴다.

심지어 그 드론을 군사용이 아닌 민간인 학살용으로 쓴다.

군사시설이 아니라 민간인이 모여 있는 학교, 병원 등지에 날려 보낸다. 민간인을, 아이들을 학살한다.

그리고 말한다, 더 죽기 싫으면 항복하라고.

"전쟁에서 양심 찾는 놈은 100% 집니다. 법과 마찬가지죠."

범죄자들이 이길 수밖에 없는 구조가 왜 발생할까?

그건 법을 집행하는 자들이 규칙에 얽매이느라 이길 방법을 찾지 않기 때문이다.

방법이 없는 게 아니라, 방법을 찾지 않는 게 현실.

"전쟁은 발전합니다. 그건 누구도 막을 수 없어요. 그렇다면 누가 얼마나 빠르게 기술을 선점하는지가 중요합니다."

기관총을 개발한 사람은 기관총이 있으면 투입되는 인력이 줄어들어 사람들이 많이 다치지 않을 거라 생각했다고 한다.

하지만 현실은 기관총으로 인해 더더욱 많은 사람이 죽어 나가고 전쟁은 더더욱 비참해졌다.

"알겠습니다."

"그나저나 드론 부대가 생각보다 효율적이군요."

"위치를 모른다면 모를까, 빤히 알고 있다면 그럴 수밖에 없지요."

"하긴."

그래서 전쟁터에서 가장 중요한 게 첩보라고 한다.

실제로 원래 우크라이나가 러시아의 방어를 막을 수 있었던 가장 큰 이유는, 미국에서 제공한 강력한 무기 덕도 있지만 미

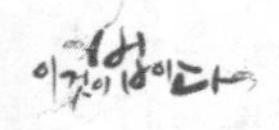

국에서 러시아의 움직임을 하나하나 다 알려 줬기 때문이다.

"하지만 이제는 상황이 바뀌는 거죠."

미국이 제공하는 정보는 거대하고 정확하지만 전선에서 자세한 병력의 상황을 아는 데에는 한계가 있다.

어디에 부대가 있는지, 얼마나 많은 병력이 은신하고 있는지는 모른다. 대대급이라면 그나마 알 수 있지만 소대나 중대급이라면 모르는 게 당연한 거다.

"중대급 드론에 대한 개발은 어느 정도입니까?"

"거의 끝나 갑니다."

중대급 드론은 기존 드론보다 훨씬 작고 훨씬 가볍다. 그래서 비행 거리도 짧다. 하지만 아무리 짧아도 보병의 정찰 가능 범위보다는 훨씬 멀고 또 안전하다.

"이제 부대의 전략을 바꾸는 게 계획입니다."

중대급 드론이 정찰을 하고, 중대는 진지를 점령한 상태에서 방어한다.

그러다가 공격 중인 적을 발견하면 전문 전투 드론을 가진 대대의 드론 중대에서 전투 드론을 이용해서 제압한다.

"그런 상황에서 적이 취할 수 있는 방법은 두 가지뿐이죠."

하나는 장거리 무기, 즉 포병을 이용한 제압이다.

박격포로는 사거리가 나오지 않으니까.

'하지만 그건 사실 의미가 없지.'

그걸 하기 위해서는 포병이 필요한데, 미국에서 우크라이나에 하이마스라는 장거리 다연장로켓을 줘 버렸고 그 결과 러시아에서는 엄청난 숫자의 포병을 상실한다.

쏘는 순간 위치가 추적되어서 하이마스의 표적이 되었기 때문이다.

"다른 하나는 공군이죠."

그러나 러시아는 사람들의 예상과 다르게 공군을 전략적으로 사용하지 못했다.

이유는 잘 모른다. 그저 내부에 문제가 있다고 생각할 뿐이었다.

"게임에서의 방어전 같은 거네요."

"게임에서 방어전을 하면서 스캔 기능을 켜 둔 거랑 비슷하죠."

그리고 스캔을 켜 둔 것과 켜 두지 않은 건 승률 차이가 엄청날 수밖에 없다.

"무슨 뜻인지 알겠습니다."

로버트는 애매하던 표정을 고치고 마음을 강하게 먹었다.

결국 적을 죽이지 않으면 내가 죽는 그런 게임이다.

"러시아에서 싫어하겠네요."

"당분간은 계속 싫어해야 할 겁니다."

노형진은 피식 웃었다.

"자기 죄에 자기가 익사할 테니까요."

그리고 이제 노형진은 그렇게 만들 수 있는 힘이 있었다.

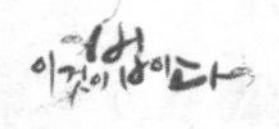

포괄적으로 보자? 지랄하네

선거가 끝나고 이제 사람들의 관심이 우크라이나 전쟁으로 향하는 시점.

각자 생활로 돌아간 사람들은 그저 자기 일에 집중하기 시작했다. 그건 노형진도 마찬가지였다.

송정한이 당선되었다지만 시스템을 구축하는 데에 시간이 걸리니까.

거기다 송정한은 그간 정치적인 이유로 건드리지 못하던 수많은 부분을 손댈 예정이기에 할 게 너무나 많았다.

특히나 여성부의 경우는 단순히 없애는 걸 넘어서 감사를 제대로 할 생각이었다.

여성부는 단 한 번도 제대로 감사를 받아 본 적이 없었기 때문에 감사에 인원이 얼마나 많이 필요할지조차 가늠 못 할 정도로 심각한 상황이었다.

그런 상황에서 노형진이 계속 거기에 있을 이유도 없었고, 결정적으로 상당히 어려운 사건이 배당되었기 때문에 노형진도 본업을 슬슬 시작할 시점이었다.

"포괄 임금제란 말이죠."

"저는 진짜 이렇게 못 삽니다. 제가 노예도 아니고, 어떻게 이렇게 삽니까?"

노형진에게 화를 내는 이는 이우강이라는 남자였다.

중견 기업에 다니던 그는 회사에서 부당 해고를 당했다.

그 이유가 실로 어이가 없었다.

"제대로 월급을 달라고 한 게 그렇게 큰 잘못입니까?"

"아니죠."

"말이 월급이지, 씨팔! 제가 노예라고요! 노예!"

"다니던 회사가 레미놀 공업 맞으시죠?"

"네."

"그런데 이런 곳에서 포괄 임금제를 도입해서 운영한다라……."

노형진은 서류를 보면서 비웃음을 날렸다.

"못 받으신 돈이 못해도 1억은 넘겠는데요?"

"1억요?"

밀린 임금이나 받아 달라고 하려고 왔던 이우강은 뜬금없는 말에 눈이 커졌다.

"네."

"그렇게 많다고요? 제가 못 받은 돈은 900만 원뿐인데요?"

"네, 이 새끼들이 장난친 겁니다."

노형진은 그렇게 말하면서 서류를 내려놨다.

"속으신 겁니다."

"소…… 속았다니요?"

"포괄 임금제라고 계약서에 박아 둔다고, 그게 포괄 임금제 계약서가 되는 건 아니라는 거죠."

포괄 임금제란 간단하게 말해서 임금을 얼마 지급하기로 계약하고 거기에 모든 추가 수당을 포함시키는 거다.

포괄 임금제로 계약하면 근무를 어떻게 하든 결국 최종적으로 정해진 임금만 지급한다.

예를 들어 포괄 임금제로 연봉 5천만 원을 계약하면 야근을 시켜도 그 야근 수당이 포괄 임금제 안에 들어가서 무조건 5천만 원만 지급된다.

이를 반대로 말하면, 일을 빨리 끝내서 하루 네 시간으로 근무시간이 줄어들어도 포괄 임금제에 따라 주는 돈은 5천만 원이어야 한다.

"그런데 이게 말이죠, 법적으로 조건이 엄청 까다롭습니다."

"까다롭다니요?"

"근무시간을 특정할 수 없는 그런 경우에만 포괄 임금제가 수락되거든요.”

“네? 그게 무슨 말입니까?”

“정확하게 표현하자면, 정해진 목표량을 정해진 시간 안에 채울 수 있을지 없을지 모르는 업무들 말입니다.”

예를 들어 예술가의 경우는 정해진 시간 안에 일정 이상의 가치를 가진 그림이나 조각 또는 글을 만들어 낼지 알 수가 없다.

그러다 보니 이들이 얼마나 일했는지, 그리고 얼마나 시간을 썼는지 알 수가 없다.

“그럴 때 쓰는 게 포괄 임금제인 거죠.”

A라는 작품을 만들어 달라고 했는데 백 시간이 들지 이백 시간이 들지 모르니까 일단 기준을 정하는 것.

“그걸 만드는 사람이 최선을 다해서 백 시간 안에 만들면 그만큼 여유가 생기는 거고, 반대로 한계가 와서 이백 시간을 일하면 그만큼 손해 보는 거죠.”

“그건 저도 마찬가지 아닙니까? 저도 명확하게 실적을 내기가 애매한 직업이라…….”

그 말에 노형진은 머리를 긁적거렸다.

‘하여간 기업하는 새끼들은 진짜.’

돈을 아끼는 건 자연스러운 일이다. 기업 입장에서는 그건 나쁜 게 아니다.

하지만 그걸로 상대방을 속이고 사기를 쳐서 돈을 떼먹는 것은 안 될 일이다.

"그게 속임수입니다. 이 새끼들이 그런 식으로 속이는 거죠."

가령 A라는 회사에서 서류 작업을 한다고 치자.

그러면 그 회사에서 직원은 자신의 업무 목표량을 어떻게 채울 수 있을까?

아니, 애초에 회사에서 직원에게 요구하는 목표량이 어떤 건지 어떻게 표현할 것인가?

"인사 팀을 예로 들어 볼까요? 인사 팀에서 삼백 명을 정리 해고한다고 계획을 세웠다고 칩시다. 그러면 삼백 명만 정리하면 포괄 임금제의 영역은 끝났죠. 그런데 그 후에 인사 팀에는 추가 업무가 없습니까?"

"어…… 없지는 않죠?"

정리 해고가 끝이 아니다.

그 후에 빈자리에 근무자를 새로 배정하고 근무 편성을 해야 한다. 그리고 또 추가로 인원을 뽑아야 한다.

정리 해고는 단순히 직원 숫자만 줄이는 게 아니라 몸값이 비싼 직원을 해고하고 그 자리에 몸값이 싼 사람을 채워 넣는 과정인 경우도 많기 때문이다.

"그것도 끝나면? 그 후에는 인사 팀의 업무가 끝납니까?"

"그게…… 아니죠?"

"모든 업무가 그런 식입니다."

기업의 업무라는 건 총량화할 수도 없고 목표량을 확실하게 정해서 개인에게 부여할 수도 없다.

기업에서 '올해 수익 300억'이라고 계획을 세울 수는 있지만, 그걸 N분의 1 해서 '우리 직원이 삼백 명이니까 네가 1억 벌어 와.'라고 지시하는 건 불가능하다.

"업무가 언제 끝나는지 알 수 없는 게 아니라 아예 업무의 종료라는 것 자체가 없습니다, 직장인은."

퇴사하는 그 순간까지 끊임없이 업무가 발생하고, 그걸 지속적으로 진행한다.

"그런데 그걸 이용해서 거짓말을 하는 겁니다."

언제 끝날지 모르는 업무니까 포괄 임금제로 퉁치자.

"그런데 법적으로 보면 그런 경우에는 포괄 임금제가 불법입니다."

"불법……이라고요?"

"업무가 종료되는 시점에 대한 고지가 없으니까요."

딱 삼백 명을 정리 해고하고 나서 끝났다, 가 아니라 끊임없이 일이 쌓이니까.

"만일 그놈들 말대로라면 딱 삼백 명을 정리한 시점에서 모든 업무가 종료되었으니 추가 근무 계약을 하셔야 합니다. 그런데 하셨습니까?"

"아…… 안 했는데요."

"그러니까 속임수라는 겁니다. 대법원의 판결은 한결같습니다. 근무시간이 책정될 수 있는 경우 포괄 임금제는 불법

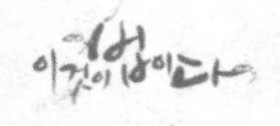

이다. 출근할 때 출근 카드 찍으셨죠?"

"네, 당연하죠. 안 그러면 사무실에 들어가지도 못하니까요."

"그러면 불법입니다."

"하지만 그, 예술가들은요? 그 사람들도 출근은 할 수 있지 않습니까?"

"그게 문제인 거죠. 예술가 같은 직종은 변동성이 엄청나거든요."

영감을 받고 단 한 시간 만에 만든 노래가 수십 년간 희대의 명곡으로 불리기도 하고, 한 달 내내 고민해서 만든 노래가 폭망해서 누구도 모르는 채 잊히기도 한다.

"단순히 시간으로 계산할 수 있는 영역이 아니라는 거죠."

그렇기 때문에 예술가들은 포괄 임금제를 적용해도 된다.

"그런데 이우강 씨는 그 대상이 아닌 게 너무 명확하십니다."

노형진은 그렇게 말하면서 머리를 긁적거렸다.

"그래서 제가 못 받은 돈이 1억이나 된다고요?"

"네."

포괄 임금제에는 야근 수당이 일부 포함되는 것도 사실이다.

왜냐, 당사자가 야간에 근무해서라도 빨리 일을 마치거나 할 수 있으니까.

영감을 받아서 신나게 일하다 여덟 시간 근무가 끝났다고 자러 가는 예술가는 없다.

"하지만 그것도 법에서 정한 영역이 있습니다. 어떤 경우에도 52시간은 넘을 수 없습니다."

하루 8시간씩 5일 근무, 그리고 야근이나 주말 근무로 최대 12시간. 그렇게 해서 52시간이다.

이게 짧아 보이지만 실제로 살아 보면 절대 짧지 않다.

아침 9시부터 저녁 6시까지 근무해야 일주일 40시간이다.

거기다 하루 2시간 야근해서 저녁 9시까지 근무하면 50시간이다. 분명히 1시간은 저녁 먹는 시간이라고 휴게 시간으로 빼 버릴 테니까.

그리고 토요일 오전에 2시간 근무하면 52시간이 꽉 찬다.

"그런데 이야기를 들어 보니 거의 70시간은 일하신 것 같은데요."

아침 9시에 출근해서 일반적으로 퇴근을 10시에 했다. 그러면 55시간.

그런데 이우강의 회사는 법적으로 보장된 휴게 시간인 점심시간과 저녁 시간도 1시간씩이 아니라 30분씩만 줬다고 한다.

그러면 60시간이 된다.

거기다 토요일에도 똑같이 아침 9시에 출근하고 밤 10시에 퇴근했다. 그러면 72시간이 되어 버린다.

"더…… 하는 경우도 있기는 했죠."

일요일에도 출근하라고 한 경우도 많았다고.

"그런데 그걸 모조리 포괄 임금제라고 퉁쳐서 4천만 원 줬다고요?"

"네."

"어이가 없군요."

이는 명백한 불법이다. 그런데 이렇듯 대놓고 할 줄이야.

'하긴, 포괄 임금제 문제는 하루 이틀 문제가 아니지.'

국민을 위해 만들어 둔 법처럼 포장하기는 했지만 사실 기업을 위해 만들어 준 법이다.

정확하게는, 법을 적용하는 대상이 명확함에도 정부에서는 눈 가리고 아웅 하듯이 노동자들이 갈려 나가는 걸 모르는 척했다.

'주 52시간은 개뿔.'

법적으로 주 52시간 이상 근무는 불법이다.

하지만 많은 기업들이 그걸 무시한다.

현실적으로 정부에서 주 52시간 근무를 단속하지 않기 때문이다.

노동자의 고발?

애초에 노동자의 고발은 그 기업을 그만둔다는 걸 전제로 할 수밖에 없다.

그런데 그걸 고발해야만 단속한다는 것 자체가 병신 같은 소리다.

'하긴, 우리나라는 그게 고질적인 문제이기는 해.'

법적으로는 그럴듯하다.

아니, 전 세계적으로 보면 한국의 법은 상당히 잘 만든 축에 속한다.

하지만 그 실행을 위해서는 누군가의 희생이 필요한 구조로 만들어 놨다.

주 52시간 근무도, 이 포괄 임금제도 사람들이 몰라서 모른 척하는 게 아니다.

그걸 고발해 봐야 손해는 자신이 입으니까 고발을 못 하는 거다.

'아무리 법 위에서 잠자는 자는 보호받지 못한다지만.'

법률계의 철칙.

법 위에서 잠자는 자, 보호받지 못한다.

그러나 그 이면에는 더러운 진실이 감춰져 있다.

법은 사람을 보호하지 않는다.

정확하게는, 한국의 법은 보호를 받으려면 생존을 포기하도록 설계되어 있다.

"그러면 어떻게 되는 겁니까?"

"이런 경우는 보통 소송하면 간단히 해결됩니다."

대법원의 판례는 단호하다.

근무시간을 체크할 수 있는 업무를 하는 직장인이라면 어떤 경우에도 포괄 임금제는 불법이다.

"부당 해고와 밀린 임금 그리고 그간 포괄 임금제로 착복한 임금까지 하면 못해도 1억 이상은 받으셔야 합니다."

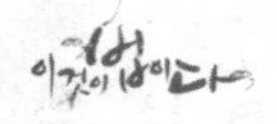

"그러면……."

노형진의 말을 들은 이우강의 얼굴이 밝아졌다.

그러나 노형진의 말은 아직 끝나지 않았다.

"물론 포기하실 수도 있습니다. 단순히 부당 해고 소송만 하셔도 됩니다. 하지만 솔직히 말씀드리자면, 의미가 없는 행동입니다."

"네? 어째서요?"

"부당 해고를 당한 분들의 복직 소송은 사실 그냥 한풀이밖에 안 되거든요."

뜻밖의 말에 이우강은 당황했다.

"뭐라고요? 실제로 복직을 한다고 들었는데요?"

"네, 복직은 하시죠. 하지만 그다음이 문제입니다."

복직 소송 후에 실제로 복직한 사례는 많다.

그때 기업에서, '우리가 잘못했으니 잘해 봅시다.'라면서 사과를 건넬까?

절대 그러지 않는다. 어떻게 해서든 다시 해고하려고 발악을 한다.

"그래서 실제로 부당 해고 소송만 세 번을 하신 분도 있습니다."

무려 5년간 해고를 세 번이나 당했고 세 번 다 이겨서 그때마다 복직했다.

"그런데 네 번째에는 결국 지셨죠."

"졌다고요?"

"변호사비 얼마 안 합니다."

노조 파괴 전문 변호사에게 한 500만 원쯤 쥐여 주고 해고 방법을 물어보면 바로 그 자리에서 방법이 나온다.

"가령 임원으로 승진시킨 후 해고하는 것도, 저항할 방법이 없죠."

"네?"

"그분이 그 방법에 당했습니다."

부장급에서 갑자기 전무급으로 승진했다.

그간 사 측과 그렇게 싸운 과거를 돌이켜 보면 이례적인 일이었다.

그리고 3개월 후, 그는 해고당했다.

법적으로 임원은 노동자가 아니라 사용자이기 때문에 보호 대상이 아니라는 이유였다.

"그러면 전……."

"복직하신다고 해도 결국은 해고당하실 겁니다. 아마도 해 본 적도 없고, 힘들고 더러운 일에 배치하겠죠. 이우강 씨는 사무직이었으니까 아마도 공장에 배치하지 않을까요?"

그 말에 이우강은 입술을 깨물었다.

그러면 자신은 버틸 수 있을까?

무리다.

그는 평생을 사무직으로만 살아왔다. 기계라고는 단 한 번

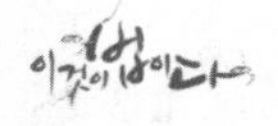

도 만져 본 적이 없다.

"그런 방법은 흔하죠."

KT 같은 곳도 그 짓거리를 자주 한다.

평생 전화 안내만 한 여성 근무자를 갑자기 배선 작업에 배정하는 식으로 돌려 해고를 엄청나게 했다.

심지어 가족들의 근무지도 서울인데 발령받은 곳은 경남.

그냥 대놓고 나가라는 소리였다.

"아아……."

그 말에 이우강은 머리를 부여잡았다.

"그러면 어쩝니까?"

"글쎄요. 일단……."

노형진은 곰곰이 생각을 하다가 말했다.

"인맥을 이용해서 싸워 봐야지요."

"이…… 인맥요? 그, 전관을 쓰라는 말입니까?"

"전관요?"

그 말에 노형진은 피식 웃었다.

"전관하고는 비교도 못 할 겁니다, 후후후."

노형진은 송정한 의원, 아니 송정한 대통령 당선자를 찾아갔다.

"그사이에 폭삭 늙으셨네요."

"말도 말게나. 이건 지옥이야."

"바쁘신가 봅니다."

"바쁜 정도가 아닐세. 그냥 죽겠어. 도대체 한두 곳이 개판이 아닌지라 정책을 어떻게 짜야 할지도 모르겠고."

국방부의 장교 문제도 해결해야 하고 항모 제작비도 해결해야 한다.

돈은 없는데 구멍이 한두 군데가 아니다.

"예산이 충분하지도 않을 텐데요."

"예산이 필요한 일이 한두 가지가 아니야. 그런데 사방에서 돈 내놓으라고 아주 성화라네."

"돈요? 심각한가 보군요."

"말도 말게. 지금 난리야. 노동단체에서는 나한테 각성하라고 하더군."

"각성요? 후보, 아니 당선자님한테요?"

"그래."

노형진은 그 말에 절로 비웃음을 떠올렸다.

"벌써부터 시작이군요."

"벌써부터?"

"네. 뭐, 아시지 않습니까? 가장 지지율이 높은 시기이면서 가장 취약한 시기가 바로 당선 직후입니다."

"하긴, 그건 그렇지."

왜냐, 그 시기에 국민들의 기대감이 가장 높기 때문이다.

하지만 동시에 시스템도 완성되지 않아 제대로 굴러가는 것이 없기에 당선인은 시스템과 차기 국정 운영을 위한 방법을 찾고자 노력하게 된다.

"그리고 그때가 이권이 개입하기 가장 좋은 기회죠."

그래서 선거가 끝나면 온갖 이권 단체들의 목소리가 높아진다.

여성 단체, 노동단체, 인권 단체 등등.

그들은 아무것도 하지 않은 당선인을 성토하면서 극단적으로 적대한다.

그들의 요구는 뻔하다. 권력을 내놓아라.

"웃기지 않나? 우리가 민주수호당인 줄 아나 보더군."

"그러니까요. 참 웃기죠."

노형진과 송정한이 웃는 이유는 간단하다.

이런 공격은 민주수호당에 집중되는 경향이 강하기 때문이다.

자유신민당은 이런 공격이 들어오면 합의 대신에 상대방을 때려잡는 선택을 한다.

그들에게는 빨갱이라는 강력한 무기가 있어서다.

마음에 안 든다? 그대로 빨갱이라는 프레임을 뒤집어씌우고 상대방을 때려잡을수록 지지율이 올라가는 기적이 일어난다.

그에 반해 민주수호당은 외적으로는 협치를 중시하는 이미지를 가지고 있기 때문에 빨갱이 프레임으로 때려잡는 것도, 법적으로 탄압하는 것도 그림이 애매하다.

그렇다 보니 자유신민당이 권력을 잡았을 때는 입 닥치고 있던 놈들도 민주수호당이 권력을 잡으면 때려죽이려고 달려들면서 권력을 내놓으라고 지랄 발광을 한다.

“그래서 내가 신당의 이름에 ‘민주’를 넣는 걸 반대한 건데 말이지.”

민주주의는 모든 국민을 위한 대한민국의 건국이념이다.

하지만 민주수호당의 민주주의는 어느 순간 국민이라는 방패를 든 권력층을 위한 하나의 수단이 되어 버렸다.

“우리국민당이 민주수호당처럼 쩔쩔매면서 돈이라도 듬뿍 던져 줄 거라 생각한 모양이네요.”

“그랬겠지. 우리 입으로 민주시민당의 정신적 계승자라고 했으니 같은 계파라고 생각한 모양이지.”

“그럴 겁니다.”

그 말에 노형진은 고개를 끄덕거렸다.

“그러니까 때려잡아야죠.”

“사회단체를?”

“말이 사회단체지, 사실상 이권 단체 아닙니까?”

노형진은 그들의 진실을 누구보다 잘 안다.

기부금이 워낙 개판으로 운영되는 바람에 세계복지재단을

만들어서 직접 관리하고 있지 않던가?

한국의 수많은 소위 민간단체나 사회단체가, 기부금을 받아서 접대를 비롯한 다양한 곳에 펑펑 쓴다.

"쉬운 일은 아닐 걸세. 그놈들이 가진 기득권이 이만저만이어야지."

"알고 있습니다. 그러니까 우리도 핑계를 대야지요."

"무슨 핑계?"

"그렇잖아도 재미있는 사건이 들어왔습니다."

"어떤 거 말인가?"

"포괄 임금제와 관련된 사건입니다."

"포괄 임금제라……. 하긴, 그것도 애매하기는 하지."

거의 모든 기업에서 이루어지는 명백한 불법행위다.

중소기업에서만 이루어지는 일이 아니다.

알아주는 대기업이나 IT 기업 역시 명백하게 불법인 포괄 임금제를 적용하고 있다.

"장난하는 것도 아니고 우습죠."

출근할 때마다 카드 찍고 들어가고 카드 찍고 나가는 게 바로 그런 IT 기업이다.

단순히 법적으로 정해진 대로만 근무시간을 적용하는 것이 아니라 출입 카드로 초 단위로 재는 게 가능한 게 IT 기업인데 포괄 임금제라니.

"그거랑 내가 무슨 상관인가?"

"포괄 임금제에 관해서 그들에게 책임을 묻는 거죠."

"포괄 임금제에 대한 그들의 책임?"

"네, 가령 자유 총노조라든가."

"아, 그놈들이 좀 골치 아프지."

자유 총노조.

현재 송정한을 물어뜯고 있는 가장 강력한 집단 중 하나다.

그럴 수밖에 없다.

자유 총노조는 이름에서 드러나다시피 자유신민당과 선이 닿아 있는 노동조합이기 때문이다.

물론 노조라는 특성상 아예 예속된 건 아니지만 자유신민당과 밀접한 관계를 유지하고 있고, 이번 선거에서도 자유신민당 지지 선언을 했다.

"그렇다고 우리가 거기를 조사하거나 지원금을 끊을 수는 없어."

왜냐하면 일단 제3의 조직인 데다가 한국의 절반을 쥐고 있는 노동조합 집합체이기 때문이다.

"노총연은 좀 어떻습니까?"

"뭐, 그놈들도 칼만 안 들었지 비슷한 놈들이라……."

노동자 총연맹.

자유 총노조가 자유신민당 계열이라면 노동자 총연맹은 민주수호당 계열이다.

"그리고 그놈들은 더하면 더했지 결코 덜하지는 않을 상황

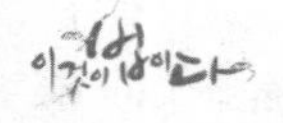

아닌가?"

"하긴, 그렇죠."

그간 한국은 양대 정당이 지배했다.

그래서 자유신민당이 권력을 잡으면 자유 총노조에, 민주수호당이 권력을 잡으면 노동자 총연맹에 지원이 쏠리곤 했다.

"하지만 우리는 어디와도 연관이 없으니까."

양쪽 어느 쪽도 아닌 게 현재 우리국민당의 정체성이다.

진보도 보수도 아닌 중립.

그런 상황에서 그들은 한 가지 선택을 해야 한다.

설득해서 선을 만들든가, 압력을 행사해서 일단 기를 죽여 놓든가.

"그런데 그놈들은 뭐, 뻔한 선택을 한 거지."

"네, 그럴 겁니다. 그래야 자신들이 권력을 유지할 수 있으니까요."

한쪽에서 공격하면 다른 한쪽에서 지켜 주는 구조가 아니라 두 집단이 담합해서 일단 기부터 죽여 놓고 본다는 것이 송정한 입장에서는 머리 아픈 일이었다.

"자네 의견은 알겠네. 그런데 그 포괄 임금제 문제와 이번 문제를 어떻게 엮어서 해결하라는 건가?"

"간단합니다. 이이제이죠."

포괄 임금제를 적용하는 곳들에는 노조가 없을까?

아니다. 대부분 있다.

그런데 왜 노조들이 가만히 있을까?

불법인 걸 몰라서? 그럴 리가 없다.

"그들은 그냥 자기 문제가 아니면 신경을 쓰지 않는 거죠. 그리고 대부분의 포괄 임금제 적용 대상은 노조원이 아니거든요."

노조가 있다고 해서 그들이 노동자를 위해 노력할 거라는 건 헛된 희망이다.

도리어 현실은 더욱 가혹하다.

노동조합은 기본적으로 노조원, 정확하게는 정규직만을 위해 움직인다.

비정규직이 어떤 차별을 당하더라도 그들은 신경 쓰지 않는다.

학대당해도, 부당 해고를 당해도 그들은 절대로 도와주지 않는다.

문제는 한국의 괴상한 구조 때문이다.

한국에서 대부분의 사람들은 비정규직이다. 정규직은 진짜 대기업에서 한 줌밖에 안 된다.

"그런데 이번에 소송을 건 이우강 씨 역시 비정규직이란 말이죠."

"그게 무슨 말인가?"

"명백하게 위법 사항인데, 노조는 신경도 쓰지 않는다는 거죠."

"그걸 걸고넘어지자고?"

"네. 노조에 책임을 떠넘기는 겁니다. 저들의 요구를 보시면, 사실 너무 뻔한 거짓말을 하고 있습니다."

저들의 요구는 외부적으로 너무 당연한 걸 이야기하고 있다. 왜냐하면, 그러지 않으면 노조의 존재 의미가 사라질 테니까.

"정부에 돈 내놓으라고 할 수는 없죠."

그래서 양대 노조에서 주장하는 건 다름 아닌 비정규직 철폐다.

"그런데 이 주장이 웃긴 이유가 뭔지 아십니까?"

"그 소리 나온 지 한 20년쯤 되었나?"

"그 이상입니다."

비정규직 철폐를 주장한 지 20년, 아니 30년은 넘었다.

IMF 이후에 계속 주장했으니까.

하지만 비정규직은 철폐되지 않았다.

애초에 그럴 수가 없다. 한국의 구조는 기괴하니까.

"웃기게도 비정규직 철폐를 가장 반대하는 조직은 노조입니다."

상식적으로 양대 노조가 비정규직 철폐를 주장하면서 극단적으로 나선다면 어떤 정부도 버틸 수가 없을 거다.

그런데 왜 20년간 주장한 비정규직 철폐의 효과가 전혀 없었을까?

"정작 노조에서 그들을 싫어하니까."

"맞습니다."

모 기업의 공장에서 비정규직과 정규직의 식당이 다르다는 건 딱히 비밀도 아니다.

그런데 처음부터 그런 건 아니었다.

그렇게 변한 이유는 노조에서 '미천한 비정규직 따위와 같이 밥 먹는 게 기분이 나쁘다.'라고 이야기해서였다.

"상식적으로 기업에서 그럴 이유가 없죠."

왜냐하면 당장 비용이 늘어나는 문제니까.

별도의 식당도 만들어야 하고 추가로 인원도 고용해야 한다.

그러나 결국 비정규직 식당을 외부에 별도로 만들었는데, 가장 먼 곳에 있는 직원의 경우는 가는 데 40분, 오는 데 40분 걸린다.

법정 휴게 시간은 1시간.

그가 아무리 빨리 밥을 먹어도 2시간은 업무가 비니 결과적으로 그는 돈을 덜 벌게 된다.

"그런 걸 알면서도 기업이 굳이 그렇게 구분할 이유가 없죠."

"흠……."

노형진의 말에 송정한은 고개를 끄덕거렸다.

"실제로 비정규직 노조가 따로 있지 않습니까?"

한국에는 비정규직 노조가 따로 있다.

그런데 비정규직 노조의 경우는 어디서도 인정받지 못한다.

정부에서도 양대 노조를 데려다가 협상하지 비정규직 노조는 부르지 않는다.

심지어 양대 노조도 노조 협상을 할 때 비정규직 노조를 부르지 않는다.

그들이 비정규직 노조를 부를 때는 노동자라는 이름으로 세를 불릴 때뿐이다.

"웃기는 일이기는 하군."

"그렇죠."

비정규직 노조의 핵심은 비정규직의 철폐다.

그런데 비정규직 노조의 힘은 비정규직이다.

쉽게 말해서, 비정규직 노조는 스스로가 사라져야 하는 숙명을 타고난 노조라는 거다.

"그러니까 그들을 불러다가 협상하면서 서로 물어뜯게 하죠."

"그러면서 포괄 임금제 문제를 해결하고?"

"맞습니다."

"재미있겠군. 과연 양대 노조에서 무슨 말을 할지 궁금해, 후후후."

송정한은 재미있다는 듯 웃었다.

자유 총노조의 박이만 위원장과 노동자 총연맹의 김태기

위원장은 청와대에서 불렀을 때만 해도 기분이 좋았다.

그도 그럴 게, 이제야 자신들에게 굴복한다고 생각했으니까.

그러나 송정한을 만나러 간 곳에는 생각지도 못한 비정규직 노조의 위원장인 강찬구가 있었다.

"크흠."

"흠흠."

박이만과 김태기는 강찬구를 아주 불편한 듯 바라보았다.

그도 그럴 게, 비정규직 노조는 그들에게 있어서 때려잡아야 하는 곳이니까.

노예 주제에 노조라는 이름으로 활동하는 것도 기분이 나쁘고, 결정적으로 자기들이 파업할 때마다 방해하는 게 바로 비정규직 노조니까.

자기들이 파업을 해도 비정규직 노조는 동참하지 않는다.

정확하게는, 할 수가 없다. 정규직과 다르게 비정규직은 파리 목숨이니.

그러니 파업의 효과가 떨어지고, 그래서 격렬한 파업을 할 때는 노조원의 비정규직 습격 사건이 적잖이 벌어지기도 한다.

심지어 방화를 일으키는 등 진짜로 죽이려고 하는 경우도 있었다.

"반갑니다. 송정한입니다. 이쪽은 이번 일을 도와줄 노형진 변호사입니다."

송정한은 그들을 보면서 미소를 지었다.

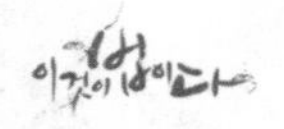

"다음 정부를 위해 이렇게 일심으로 도와주신다고 하니 감사합니다."

물론 이건 어디까지나 표면적으로 하는 말이다.

양대 노조는 이참에 어떻게 해서든 이권을 뜯어먹기 위해 혈안이 되어 있으니까.

"일단 세 노조분들의 의견은 비정규직 철폐인 거죠?"

"그렇습니다."

비정규직 노조의 강찬구는 고개를 끄덕거렸다.

그러자 박이만이 대놓고 불편한 얼굴이 되었다.

"도대체 저 사람은 여기서 뭐 하는 겁니까?"

"네?"

"법적으로 인정도 받지 못한 노조가 여기서 뭐 하고 있느냐 이 말입니다."

그에게 있어서 법적으로 인정받은 노조는 자신들과 노동자 총연맹뿐이었다.

그런 박이만의 말에, 옆에서 듣고 있던 노형진이 차분하게 말했다.

"어떤 노동자든 노조를 만들거나 가입할 권리를 가지고 있습니다만."

"아니, 그게 아니라……."

그 말에 박이만은 아차 싶었다. 그게 사실이니까.

그러자 옆에 있던 김태기가 혀를 끌끌 차며 말했다.

"이 문제를 왜 비정규직 노조와 이야기하느냐 이겁니다. 정부에서 인정하는 노조도 아닌데."

실제로 비정규직 노조는 대부분의 정권에서 차별 대우를 받았다.

비정규직 노조의 특성상 결집력이 너무 약하기 때문이다.

사실 비정규직이라서 잘려 나가는 순간 노조원의 필수 조건인 노동자라는 자격이 날아가니 결집력이 약할 수밖에 없었다.

"아, 그건 전 정권 이야기고요. 저희는 비정규직 노조를 협상 대상으로 인정할 겁니다."

그 말에 박이만과 김태기의 눈이 휘둥그레졌다.

그 말은 이권을 비정규직 노조와 함께 나눠야 한다는 소리이기 때문이다.

"그게 무슨 말입니까?"

"당연한 거 아닙니까?"

노형진은 전혀 모르겠다는 표정으로 박이만과 김태기를 바라보았다.

"두 분, 아니 세 분이 요구하는 것은 비정규직의 철폐입니다. 그런데 정작 비정규직 노조 없이 두 노조와 이야기할 수는 없죠. 이 문제는 당연히 비정규직 노조와 이야기해야 하는 거 아닙니까?"

"아니, 비정규직 놈들…… 아니, 사람들은 잘리면 위험하

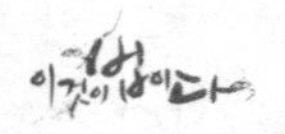

니까 우리가 대신 협상해 주겠다 이거 아닙니까!"

'내가 너희들 속셈을 모르는 줄 아나?'

매번 이런 식이다.

노조는 외부의 지원과 지지를 받지 못하면 살아남지 못한다. 그 때문에 그들은 외부적으로 선해 보여야 한다.

그래서 그들이 매번 꺼내는 조건이 바로 '비정규직 철폐'다.

하지만 그 이면에서 그들은 적당한 이권을 받고 그걸 포기하고, 그 이권으로 자신들의 배를 채운다.

"하지만 비정규직 노조 없이 비정규직에 대해 논할 수는 없지 않습니까?"

"아니, 우리가 싸워 준다니까요. 만일 그러다가 잘리면 어쩌려고요?"

"물론 그렇죠. 그러니까 더더욱 비정규직 노조가 필요한 거 아니겠습니까?"

"아니, 잘리면 노동자가 아니니까 협상도 못 합니다. 그러니까 저희가 알아서 하겠습니다."

박이만과 김태기는 어떻게 해서든 비정규직 노조를 쳐 내기 위해 노력했다.

왜냐하면, 이대로라면 자신들이 원하는 걸 얻지 못하게 되기 때문이다.

"두 분의 의견은 감사합니다. 하지만 그래도 당사자가 있어야 하지 않겠습니까?"

그리고 그걸 알기에 강찬구도 강력하게 주장했다.

그러자 박이만이 강찬구에게 언성을 높였다.

“이봐, 당신은 노동자도 아니잖아! 노동자도 아니면서 무슨 노조 활동이야!”

“그건 박이만 노조위원장님도 마찬가지 아닙니까?”

“당신이랑 내가 같아?”

“저도 노조위원장입니다.”

“자칭이겠지. 솔직히 숫자가 얼마나 된다고.”

실제로 전국 노동자의 상당수가 비정규직이지만 노조원은 아니다. 노조에 가입하면 바로 잘리니까.

“흠…… 그 문제도 이해 못 하는 건 아닙니다만.”

그리고 의외로 박이만과 김태기의 주장에 노형진은 그들을 편들어 줬다.

“아무래도 틀린 말은 아니죠.”

“그렇지.”

“맞아, 맞아. 강찬구 자네가 말한 대로, 비정규직이 그걸로 싸우면 해고밖에 더 남나?”

그 말에 강찬구는 입술을 깨물었다.

매번 이런 식이었다.

표가 필요할 때는 비정규직 노조도 끌어안을 것처럼 행동하다가 표가 떨어지거나 선거가 끝나면 바로 버려진다.

이번도 마찬가지.

많은 비정규직들이 기대감에 송정한에게 표를 줬다. 하지만 결국 그건 헛된 희망이었다.

그가 그렇게 절망하는 순간, 노형진이 그대로 박이만과 김태기의 뒤통수를 후려쳤다.

"그렇다고 해서 완전히 무시할 수도 없습니다. 그러니 다른 방법을 찾도록 하죠."

"다른 방법?"

"비정규직 노조에서는 옵저버 역할을 하도록 하죠."

"뭐?"

"말 그대로입니다. 옵저버로서 참가하시는 겁니다. 아까도 말씀드렸다시피 비정규직을 대변해 줄 사람 없이 비정규직 문제를 해결한다는 건 말이 안 되니까요."

"그게 말이 된다고 생각해? 옵저버라니?"

"그게 이상한 겁니까? 협상 권한은 없을 겁니다. 다만 조언이나 의견 표명 정도는 가능하죠."

"그게 그거 아닌가!"

"협상 권한은 없다고 말씀드렸습니다만?"

이 권한이 없다면 사실상 아무 영향도 미치지 못한다.

'그래서 그간 비정규직 문제가 심각했지.'

인정도 하지 않고 도움도 주지 않은 채로 소송해 봤자, 법률상 노조원의 조건은 노동자여야 하므로 해고하면 그대로 끝.

"그러니 옵저버로서 비정규직 노조에서 의견을 전달해 주고 그걸 감안하도록 하죠."

그러나 그렇게 옵저버로 참가하게 되면 여기에서 벌어지는 모든 협상과 이야기를 그대로 듣게 된다.

'아무리 그래도 노조는 노조란 말이지.'

자유 총노조와 노동자 총연맹은 매번 비정규직 철폐를 주장하면서 협상을 걸고 이권을 챙겨서 물러났다.

그게 가능했던 이유는 그걸 공개할 사람이 없었기 때문이다.

'하지만 옵저버가 있다면 이야기가 다르지.'

그것도 그 협상에 직격으로 영향을 받는 옵저버라면, 그들은 두 집단이 자기들 이권을 챙기고 물러나려 할 경우 어떻게 해서든 언론에 뿌리고 이슈화할 거다.

전이라면 불가능하겠지만 비정규직 노조도 노조고, 이런 건 일단 코리아 타임라인에 들어가면 이슈화될 수밖에 없다.

돈과 권력 그리고 인맥으로 통제되는 집단이 아니니까.

"아니, 그건……."

"말도 안 되는 소리!"

당연히 박이만과 김태기는 단호하게 거절했다.

"어째서요?"

"그……."

당연히 할 말이 없다.

협상 대상도 아니고 옵저버까지 안 된다고 한다는 건 말이 안 되니까.

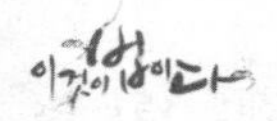

“우리가 하고자 하는 건 모든 노동자들의 의견을 수렴해서…….”
“그러니까 그러기 위해 비정규직 쪽에서도 사람을 데려와야 한다 이겁니다.”
“아니, 그건 곤란합니다.”
“노동자의 대표권은 우리 양 노조가 가지고 있습니다.”
‘지랄 났네, 아주.’
노형진은 화를 내는 그들을 보면서 비웃음을 날렸다.
‘참 만만한가 보네.’
송정한은 압도적인 득표율로 당선된 사람이다. 그리고 그 과정에서 대외적으로 각인된 송정한의 이미지는 공정함과 상식 그리고 정의로움이다.
‘그러니까 자신들에게 아무 해코지도 못 할 거라 생각하겠지.’
실제로 언론이나 사회단체가 민주수호당에 더더욱 공격적인 이유도 그거다.
자유신민당처럼 자기들을 죽이려고 덤비지 않으니까 만만한 거다.
‘그런데 미안해서 어쩌나?’
노형진은 그렇게 만만하게 대해 줄 생각이 없었다.
그리고 그건 송정한 역시 마찬가지였다.
개혁이라는 건 기득권과의 투쟁이다.
여기서 만만하게 보이면 더더욱 물어뜯고 아예 말려 죽이려고 달려들 것이다.

적이라고 판단되면 무슨 수를 써서라도 말려 죽이려 하는 이들이다.

그런데 웃으면서 손해를 감수한다?

'나는 그렇게 병신이 될 생각은 없거든.'

노형진은 미소를 지었다.

"그러면 그만하죠."

"뭐?"

"이것도 안 된다, 저것도 안 된다. 그러시면 저희가 해 드릴 수 있는 건 없습니다."

"지금 뭐라는 겁니까?"

"협상 결렬이라 이겁니다."

"뭐라고요?"

"지금 우리를 놀리시는 겁니까?"

'놀리는 건 우리가 아니라 당신들이지.'

다른 사람도 아니고 다음 대통령 당선자 앞이다.

아직 대통령이 아니라지만 그가 대통령이 되는 순간 쥐는 권력은 어마무시하다.

'그런데 그런 사람 앞에서 목소리를 높인다고?'

아무리 비공식적인 만남이고 아직 대통령이 아니라지만 이건 말도 안 되는 행동이다.

'아직도 자기들의 권력이 하늘의 정점에 있다고 생각하나

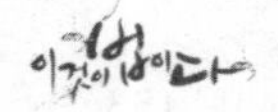

본데.'

틀린 말은 아니다. 그들은 노조위원장이다.

그들이 뒤집으라고 하면 회사 한두 개 망하는 건 일도 아니기에 최대한 건드리지 않으려고 한다.

실제로 대통령이라 해도 양대 노조를 무시할 수는 없다.

'그렇지만 이번에는 함정이 있지.'

애초에 노형진은 이번 협상을 파투 낼 계획이었다.

정확하게는, 파투 날 거라는 걸 알고 있었다.

"여기까지 하죠."

"후회할 겁니다!"

"나 참, 사람을 불러 놓고 말이야! 대통령이면 다야?"

"오냐, 끝까지 가자 이거지?"

이를 바득바득 갈면서 나가는 박이만과 김태기.

힘없이 따라 일어서는 강찬구에게 노형진이 말했다.

"너무 아쉬워하지 마세요. 저희가 비정규직 철폐를 하지 않겠다는 게 아닙니다. 하지만 비정규직에 대해 모르는 사람과 무슨 협상을 한단 말입니까?"

"알고 있습니다만."

"정리되면 저희가 다시 한번 자리를 만들어 드리겠습니다."

"네."

강찬구는 축 처진 어깨를 하고 밖으로 나갔다.

그 뒷모습을 처음부터 끝까지 물끄러미 바라보던 송정한

이 입을 열었다.

"어떻게 생각하나?"

"예상한 거 아닙니까? 애초에 저놈들은 비정규직에 관심이 없었습니다."

그저 그걸 핑계로 더 많은 돈과 더 많은 권력을 받아 내고 싶었을 뿐이다.

"다만 저들이 몰랐던 건."

노형진은 핸드폰을 들면서 말했다.

"자기들만큼 저도 언론을 잘 쓴다는 거죠."

노형진은 핸드폰으로 누군가에게 전화를 걸었다.

"접니다. 기사화하세요."

다음 날 코리아 타임라인에서는 속보로 빠른 뉴스가 떠올랐다.

비정규직 테스크 포스 양대 노총의 참여 거부로 무산

차기 대통령의 시작에 먹구름이 드리웠다. 송정한 당선자는 주요 정책 중 하나인 비정규직 문제의 해결을 위해 자유 총노조와 노동자 총연맹, 비정규직 노조와 함께 회의를 지속하였으나 결국 자유 총노조와 노동자 총연맹의 거부로 테스크 포스의 구성이 불발

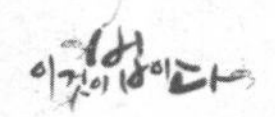

되었다.

송정한 당선자는 비정규직 문제는 한국의 가장 심각한 노동문제 중 하나이기에 포기할 수 없으며 이를 해결하기 위해 노력하겠다고 발표했지만, 첫 번째 과제에서부터 삐걱거리는…….

얼핏 보면 송정한의 실패로 보이는 뉴스였다.

그리고 송정한이 실패하기를 간절하게 원하는 기존 언론들은 그런 코리아 타임라인의 뉴스를 미친 듯이 우라까이 하기 시작했다.

송정한 정부 시작과 동시에 실패

송정한 정부의 무능. 한국의 미래는?

그렇게 신나게 까고 있는 상황.

당연히 이 소문은 사람들에게 빠르게 퍼질 수밖에 없었다.

"이게 뭐야?"

박이만은 노형진의 선빵에 기가 막혀서 말이 나오지 않았다.

"우리가 그날 거부한 걸로 태클을 거는 모양인데요?"

"송정한 이 개 같은 새끼가 미쳤나?"

대통령 당선자라고 해도 자기 아래에 있다고 생각하는 박이만에게 있어서 이건 모욕이었다.

"미친 새끼가 우리한테 뭐? 반대?"

"그런데 위원장님, 진짜로 왜 반대하신 겁니까?"
"비정규직 노조 새끼들도 끼워 넣으려고 하잖아."
"그 병신들을요? 그럴 수는 없죠."
"내 말이! 미쳤어, 그 새끼들을 끼워 넣게?"
원래대로라면 비정규직 철폐를 주장하다가 그걸 양보하는 대신에 더 많은 지원금을 달라고 하려고 했다.
그런데 애초에 가장 큰 문제인 비정규직 문제만 이야기하고 있으니 정작 지원금을 더 달라고 할 틈이 없었다.
"이거 어떻게 하죠? 언론에서 이렇게 떠드는데."
"어쩌긴. 다른 언론을 통해 뿌려. 우리는 진정성 없는 테스크 포스 구성에 반대한다고."
핑계야 많다.
정부에서 비정규직을 없애고 싶어 하지 않는다는 건 딱히 비밀도 아니다.
한국의 기업들은 대부분 비정규직으로 굴러가니까.
대부분의 기업들이 이제 비정규직이 아니면 운영 자체가 불가능한 수준이다.
그런 상황에서 한순간의 판단으로 비정규직을 없앤다?
그건 불가능하다.
그날부터 대혼란이 벌어질 거고, 인건비 상승으로 인해 무너지는 기업도 나올 거다.
그걸 알기에 기존 정부들은 비정규직의 폐해가 많다는 걸 알면서도 눈감고 모른 척했던 것이다.

그리고 해결 못 하는 비정규직 문제를 해결하겠다는 식으로 핑계를 대 온 것이었다.

"전쟁을 하자 이거지!"

눈이 벌게진 박이만은 바로 핸드폰을 들어 김태기에게 전화를 걸었다.

"김 위원장, 나 박이만이야."

–그렇잖아도 전화하려고 했다. 이 새끼 뭐야?

"뭐긴 뭐야, 전쟁을 하자는 거지!"

–하? 미친 새끼. 대통령이 뭐, 왕이라도 되는 줄 아나?

"김태기 너, 이대로 내뺄 거야?"

–미쳤어? 내가 미쳤다고 여기서 내빼? 우리가 얼마나 무서운 놈들인지 보여 줘야지!

"그렇지? 그러니까 극렬 투쟁으로 노선을 돌리자."

–그래. 누가 죽든, 죽을 때까지 해 보자.

두 사람은 이를 박박 갈았다.

그들은 자신들이 이미 노형진의 함정으로 한 걸음씩 걸어 들어가고 있다는 사실을 전혀 알지 못했다.

허니문은 없다

자유 총노조 박이만 위원장, "허니문은 없다."

노동자 총연맹 김태기 위원장, "노동자를 위해 극렬 투쟁도 불사하겠다."

"지랄 났네, 아주."

올라오는 뉴스를 보면서 노형진은 피식 웃었다.

"허니문이 없다는데? 어떻게 생각하나?"

"그게 무슨 허니문입니까? 간 보기 기간이지."

대통령 임기에는 허니문 기간이라는 게 있다.

좋게 표현하면 새로운 대통령과 으쌰으쌰 하면서 좋은 관계를 구축하려고 노력하는 기간이고, 대놓고 말하면 서로가 서로를 탐색하면서 얼마나 뜯어먹을 수 있나 재는 기간이다.

실제로 그 기간에는 사회적으로 문제를 일으키는 일도 적고, 파업이나 극단적 투쟁도 거의 없다.

상대방이 얼마나 해 줄 수 있는지 재 보려면 일단 웃는 얼굴로 만나야 하니까.

"하지만 결국 뭘 해 줘도 허니문 기간은 끝날 수밖에 없죠."

왜냐, 뭘 해 줘도 더 뜯어먹으려고 하기 때문이다.

아무리 잘해 줘도, 아무리 노력해도 인간이라는 건 만족을 모른다.

도리어 '어, 잘하면 더 뜯어먹을 수 있겠는데?'라고 생각한다.

"하지만 그래도 좋은 게 좋은 거라고, 좋게 갈 수도 있지 않나?"

"네, 그게 맞기는 합니다."

굳이 적을 만들 이유는 없다.

그리고 노동계 같은 경우는 적으로 삼으면 아주 골치 아픈 대상이기는 하다.

"하지만 우리가 노리는 건 노동계가 아니라 위의 부패한 노동조합이니까요."

"자네는 노조에 불만이 많은가 보군."

"누차 말씀드리지만 제가 불만을 가지는 건 그들이 귀족 노조라서도, 그들이 사회에 불만을 가진 빨갱이라서도 아닙니다. 그들이 자기 일을 제대로 못하니까 불만을 가지는 것

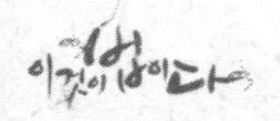

뿐이죠."

노동자에는 정규직과 비정규직의 차이가 있지 않다.

제대로 된 노조라면 그 차이를 최소한으로 메꾸든가, 하다 못해 비정규직을 차별하지 말라고 해야 정상이다.

"하지만 한국의 노조는 아니죠."

비정규직을 정규직화한다고 하면 일단 눈을 까뒤집고 덤벼드는 게 노조다.

자기는 시험 봐서 힘들게 들어왔는데 왜 저놈은 공으로 정규직을 시켜 주냐 이거다.

"그런데 현장에서 보면 또 가관이거든요."

정규직이라는 이유로 비정규직에게 일을 떠넘기고 퍼질러 자는 놈도 있고, 심지어 대놓고 폭언을 하는 놈들도 있다.

그들에게 비정규직은 같은 노동자가 아니라 자기 아래에 있는 노예일 뿐이다.

"그런데 극렬 투쟁이라. 과연 어떤 방식을 쓸까?"

"일단 파업은 아닐 겁니다."

파업을 할 이유가 없다. 정확하게는 아직은 말이다.

"송 의원님이 대통령으로 취임한 상황이라면 모를까, 아직 당선인 신분이니 지금 파업해 봐야 아무 의미 없죠."

지금 그들이 기껏 할 수 있는 건 모여서 시위하는 정도의 일뿐이다.

물론 언론에서는 그것도 좋다고 보도할 거다.

송정한의 지지율을 떨어트릴 수 있는 기회라 생각할 테니까.

“하지만 지지율이야 올리면 그만입니다.”

“지지율이 무섭지 않나 보군.”

“지지율은 하나의 지표일 뿐입니다. 솔직히 말씀드려서 이제 송 의원님은 좋은 소리 못 들을 걸 아시지 않습니까?”

“그건 그렇지.”

이제 송정한이 뭘 해도 언론에서는 그를 욕할 거다.

왜냐, 그는 ‘대통령’이니까.

이 뒤에는 아무것도 없다.

국회의원을 다시 나올 이유도 없고, 그 후에 계속 정치할 이유도 없다.

못 할 이유는 없지만 그 순간부터 독재를 노린다고 씹어 댈 거다.

“결국 우리가 해야 하는 건 개혁이죠.”

“그리고 언론에서는 그걸 막고 싶을 테고.”

“그러니 송 의원님이 숨만 쉬고 있어도 욕할 놈들입니다.”

그랬기에 노형진은 그걸 이용할 생각이었다.

그들이 씹어 댈 거라면, 반대로 그걸 이용해서 상대방을 컨트롤하겠다. 그게 노형진의 계획.

“그러니 이제 우리가 할 일은 간단합니다.”

“더더욱 그들과 각을 세워야 한다 이거지?”

“네.”

"기업인들이 좋아하겠군."

그 말에 노형진은 코웃음을 쳤다.

"자기들이 함정에 빠지는지도 모르고 말이죠, 후후후."

⚖

기업인들은 돈을 아낄 방법만을 찾는다.

자기들이 쓸 수십억짜리 명품에는 돈이 아깝지 않지만 사망한 노동자에게 주는 수억의 보상금은 아까워서 눈물을 펑펑 흘리는 게 기업인들이다.

그런 그들에게 있어서 송정한은 위험하면서도 친해지고 싶은 인물이었다.

다음 대통령. 그것도 최고 지지율로 대통령이 된 사람.

그가 원하면 거대 기업도 단시간 내에 무너트릴 수 있기 때문이다.

당연히 그가 비공식 만찬에 초대했을 때 거절하는 사람은 없었다.

"우리 한국경제인총연합이야말로 참되게 한국의 기반을 이끄는 중요한 곳 아니겠습니까?"

송정한은 미소를 지으면서 그들을 만났다.

사실 대통령이 된 이상 경제인들과 비공식적인 만남을 가지는 건 이상한 게 아니기에 누구도 뭐라고 하지는 않았다.

"하하하, 그렇게 생각해 주시니 감사하죠."

한국경제인총연합, 줄여서 한경연의 대표인 사시범은 미소를 지었다.

"언젠가 다시 한번 한국경제인총연합이 전 세계를 호령할 거라 생각합니다."

그 말에 사시범은 속으로 쓴웃음을 지었다.

'씨팔, 돌겠네.'

왜 그럴까?

그건 현재 한국경제인총연합의 입장 때문이었다.

원래 한국경제인총연합은 한국에서 가장 파워가 강한 기업인 집단으로, 그들이 원한다면 못 하는 게 없었다.

원한다면 대통령도 만들 수 있다.

그들은 그렇게 생각했고, 실제로 그건 틀린 말이 아니었다.

문제는 홍안수로 인해 시작되었다.

홍안수는 온갖 비리와 범죄를 저질렀고, 최종적으로는 친위 쿠데타를 일으켜 대한민국을 독재국가로 만들려고 시도했다.

그런데 하필이면 그 계획을 도운 게 다름 아닌 한국경제인총연합이었다.

'우리가 그걸 알았나.'

물론 한국경제인총연합에서는 알 리가 없었고, 실로 억울할 거다.

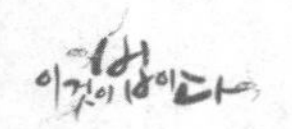

정치인, 그것도 대통령이 돈 내놓으라는데 거절할 방법도 없거니와 추후 자신들에게 막대한 보상으로 돌아올 거라는 걸 알기에 기꺼이 적잖은 돈을 모아서 홍안수에게 넘겨줬다.

그런데 그 돈이 하필이면 쿠데타 비용으로 사용되어 버린 것이다.

쿠데타라는 건 그냥 병사만 동원하면 끝이 아니다.

먹고 마시는 것에도 막대한 돈이 필요하다.

홍안수는 그걸 황당하게도 한국경제인총연합이 낸 돈으로 메꿨던 것.

그 결과, 본의 아니게 쿠데타 세력으로 의심받은 한국경제인총연합은 주요 기업들이 다급하게 탈퇴하면서 힘이 빠지기 시작했다.

대기업은 죄다 이탈하고, 남은 기업들은 그저 고만고만한 수준.

이후 조사 결과 억울한 피해자라는 게 드러나긴 했으나, 그렇다고 해서 떠난 사람들이 돌아오지는 않았다.

그렇다 보니 지금의 한국경제인총연합은 힘이 빠진 상황.

그 사실을 알기에 송정한의 말이 절대로 좋게 들리지는 않았다.

'그래, 너도 뭔가 아쉽다 이거지?'

하지만 회장 자리를 농담 따먹기로 딴 건 아니기에 사시범은 속으로만 쓴웃음을 지었다.

송정한이 다른 사람들과 다르다는 말은 많이 들었다.

하지만 그는 직접 겪어 보지 못했기에 일단 자신의 기준으로 판단하기로 했다.

“뭐 힘든 일이라도 있으십니까?”

“노동계 말입니다. 너무 말을 안 들어요.”

“아.”

얼마 전 노동계와 관련된 뉴스는 사시범도 봤다.

자신들에게도 예민한 문제였기에 그 또한 그 뉴스를 심각하게 받아들였다.

“노동계에서 어떻게 해서든 비정규직을 철폐하겠답니까?”

“네. 극단적으로 말을 듣지 않더군요.”

“그놈들이? 왜요? 보통은 적당히 물러나 줄 텐데요.”

“모르죠. 하지만 그들은 절대로 꺾일 생각이 없더군요. 아마 제가 우리국민당에서 나온 첫 대통령이니 만만해 보여서 그러는 모양입니다.”

확실히 우리국민당은 역사도, 경험도 짧아 보인다.

하지만 그건 어디까지나 외견일 뿐이다.

노형진도 있고, 당의 의원들 중에는 다른 당에서 온 사람들도 많다.

그렇기에 그리 호락호락하지 않았다.

“그래서 이번에는 좀 골치가 아픈 상황입니다.”

송정한은 쓰게 웃었다.

"아마도 결국 비정규직 문제를 손대야 할 것 같습니다."

"네? 설마…… 폐지하시려는 겁니까?"

"저 정도로 극렬하게 나온다면 방법이 없지요. 거의 노조 총파업까지 불사할 것 같더군요."

"노조 총파업요?"

"네. 양대 노조가 모조리 파업하면 한국의 경제는 마비됩니다."

마비 정도가 아니라 나라가 망한다.

그 사실을 알기에 그간 수많은 정권에서 노조의 눈치를 볼 수밖에 없었던 거다.

그 말을 들은 사시범은 숨이 콱 막혔다.

'이 미친놈들이 돌았나?'

사시범은 양대 노조가 어떤 식으로 굴러가는지 안다.

그래서 아무리 지랄 발광해도 돈만 좀 쥐여 주면 조용해질 거라 생각했다. 그런데 총파업까지 각오했다니.

'아무리 그래도 선을 넘는 것 같은데?'

그렇게 되면 자신들의 손실이 커진다.

지금까지 비정규직으로 뜯어먹은 돈이 얼마나 많았던가?

"요구 사항이 뭡니까?"

"뭐, 뻔하죠. 계속 주장하고 있지 않습니까? 비정규직 철폐."

"음……."

문제는 이 비정규직이 단순 계약직만 이야기하는 게 아니라는 거다.

파견직같이 외부에서 데려오는 사람들도 엄밀하게 말하면 비정규직이다. 그렇게 운영하는 이유는 간단하다.

돈을 빼먹기 쉽기 때문이다.

원래 임금을 300만 원을 준다?

그러면 외부에서 파견하게 하고, 그 후에 외부 업체에서 임금으로 150만 원을 주게 한다.

그래야 남는 150만 원은 빼돌릴 수 있으니까.

당연하게도 그걸 막기 위한 법이 있지만 어느 누구도 그 법을 지키지 않는다.

"이번에는 그걸 어떻게든 관철시킬 모양이더군요."

'그럴 놈들이 아닌데?'

노조라지만 자기 주머니만 채울 수 있다면 다른 노동자들이 자살하든 불타 죽든 굶어 죽든 신경 쓰지 않는 놈들이 그 놈들인데 갑자기 이게 무슨 상황이란 말인가?

'길들이기를 제대로 해 보겠다 이건가?'

안 봐도 뻔하다. 언제나처럼 '길들이기'를 하려는 거다.

'이런 병신 같은 새끼.'

그런 생각이 들자 사시범은 눈앞의 송정한이 병신처럼 느껴졌다.

그것도 모르고 전전긍긍하고 있다니.

'문제는, 이대로라면 우리가 곤란해진단 말이지.'

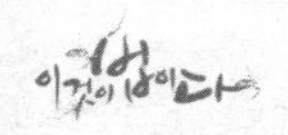

노조에서 신임 대통령 길들이기를 하든 말든 그건 자신들이 알 바 아니다.

문제는 그런 경우 노조에서는 자기들이 원하는 걸 요구하기 마련인데, 꼭 기업을 뚜들겨 패는 걸 요구한다는 거다.

그래야 자신들의 힘을 자랑하고 동시에 기업 측의 힘을 뺄 수 있기 때문이다.

"그쪽에서 요구하는 게 비정규직 철폐밖에 없습니까?"

"그렇습니다. 비정규직 철폐, 오직 그 하나뿐이라더군요."

'아직 협상 단계까지는 가지 않은 모양인데? 이 새끼들이 작정했네.'

이쯤 되면 적당히 진짜 조건을 내밀면서 뭐라도 내놓으라고 압박해야 하는 시점인데 아직 아무 말도 하지 않았다?

'대체 얼마나 뜯어먹으려고 하는 거야?'

당선인과 현직 대통령의 차이는 엄청나다.

지금이야 연정 단계라서 너도나도 자연스럽게 만나고 미래의 정책을 수렴할 수 있지만, 대통령이 되고 나면 누구와도 쉽게 만나지 못한다.

'가만둬선 안 되겠어.'

그런데 아직도 이야기하지 않는다는 것은 만만해 보이니 어떻게 해서든 확실하게 뜯어먹겠다는 소리였다.

"좀 도와드리죠."

"오, 그래 주실 수 있습니까?"

"그럼요."

기브 앤드 테이크.

저들이 얻어 가는 만큼 사업자들에게는 손실로 다가온다.

당연히 그건 한국경제인총연합도, 사시범도 그냥 두고 볼 수 없는 일이었다.

"저희가 아니면 누가 각하를 돕겠습니까?"

사시범은 자신 있게 웃었다.

⚖

"이야, 썩어도 준치다 이건가?"

송정한은 혀를 내둘렀다.

어제만 해도 송정한이 나라를 망친다고 게거품을 물던 뉴스가 단 하루 만에 싹 다 사라졌으니까.

"결국 언론에 광고를 주는 건 기업들입니다. 아무리 주요 대기업이 빠졌다고 해도 다른 기업들이 주는 광고 역시 절대 작은 비중은 아니거든요."

도리어 그들이 주는 광고가 대기업들보다 훨씬 많은 게 사실이다.

"그러니 언론 입장에서야 답은 뻔하죠."

송정한이 밉지만, 비어 가는 계좌는 무섭다.

그러니 전화 한 통에 바로 꼬리를 말 수밖에 없다.

"그런데 노 변호사, 이렇게 한다고 해서 우리한테 무슨 이득이 있나?"

"있죠. 이제 노조와 기업인이 대대적으로 부딪치기 시작할 겁니다."

"뭐, 이런 일이야 한두 번이 아니지 않나?"

"물론 그렇죠. 하지만 지금은 상황이 좀 다릅니다."

"달라?"

"새로운 권력이 들어서는 시점이니까요. 누가 권력을 잡는지에 따라 남은 5년이 완전히 달라질 겁니다."

"하긴, 그것도 그렇기는 하지."

친기업 대통령이 권력을 잡으면 노조를 빨갱이라고 닥치는 대로 때려잡고, 반대로 친노조 대통령이 권력을 잡으면 기업에 온갖 조사를 하면서 때려잡는다.

"송 의원님은…… 아니, 당선인이라고 불러야 하는데 입에 안 익어서, 하하하."

"뭐, 그냥 대표님이라고 부르게나. 지금은 의원이라고 하기도 애매하니."

"네. 송 대표님 같은 경우는 어느 쪽 노선인지 확실하지 않습니다. 그러니 어떻게 해서든 포섭하고 싶을 겁니다."

"흠, 내가 언론의 입을 막았다고는 생각하지 않을까?"

송정한은 깨끗해진 뉴스 창을 보면서 물었다.

그러나 노형진은 고개를 흔들었다.

"아니요. 그런 생각은 하지 않을 겁니다. 송 대표님이 언론과 철천지원수라는 건 딱히 비밀도 아니지 않습니까?"

"그건 그렇지."

"그러니까 저놈들도 저렇게 극렬하게 반응하는 겁니다."

언론에서 도와주지 않으면 아무리 노조에서 지랄 발광을 해도 결국 한낱 찻잔 속의 태풍으로 끝날 거다.

하지만 송정한과 언론의 사이가 좋지 않으니 당연히 이슈가 될 거라 생각한 거다.

"노조라고 해서 만만하게 보지 마십시오. 그놈들도 수십 년간 대기업, 언론과 싸워 온 놈들입니다."

노조는 멍청하게 투쟁만 외치지 않는다.

"노조에도 정보원은 있을 겁니다. 아마도 지금쯤 상황이 어떻게 굴러가고 있는지 알겠죠."

"그러면 더더욱 극렬하게 싸울 거다?"

"맞습니다."

노형진은 자신 있게 말했다.

"그리고 그럴수록 우리가 원하는 결과에 더더욱 가까워지겠지요, 후후후."

⚖

"뭐라고?"

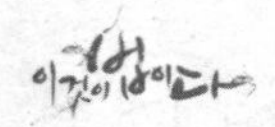

김태기는 새벽일보에 있는 친구에게서 반갑지 않은 정보를 들을 수 있었다.

"당분간은 송정한 까는 뉴스는 못 내."

"아니, 이야기가 다르잖아! 도와준다면서?"

"그러려고 했지. 나도 송정한이랑 노형진 그 새끼들, 마음에 안 들어. 하지만 데스크에서 다 커트하는데 어쩌라고."

"데스크에서?"

"그래. 데스크에서 송정한 관련해서 비판적인 내용이 나오면 싹 다 잘라."

"아니, 왜? 설마 정부에서 압력이 내려온 거야?"

"정부에서 그랬으면 잘도 커트하겠다. 언론이랑 송정한 사이 알면서. 기업들이야."

"기업들?"

"그래, 한두 곳도 아닌 곳에서 압력이 오는데 내가 무슨 수로 글을 올리냐?"

그 말에 김태기는 어이가 없어서 입이 쩍 벌어졌다.

"기업들이 압력을 내린다고? 어디?"

"귓구멍이 막혔나? 한두 곳이 아니라고 했잖아."

"미친! 그게 사실이야?"

"내가 너한테 거짓말을 해서 뭐 하겠냐?"

김태기에게 친구는 목소리를 낮추며 말했다.

"보니까 송정한 이 개 같은 새끼가 벌써 그 새끼들이랑 손잡은 것 같더라.”

“이 씨팔, 이렇게 나온다 이거지?”

김태기는 그 말에 분노했다.

자신들에게는 제대로 손도 내밀지 않은 채 내쳐 버리더니 기업들과 덥석 손을 잡다니.

“어쩌려고?”

“어쩌긴! 그 새끼에게 엿 먹여야지. 극렬 투쟁해야지! 야, 혹시 그 새끼 터트릴 거 없냐?”

“있겠냐? 자유신민당에 민주수호당에 검찰까지, 없는 죄라도 만들어서 보내 버리려다가 다 실패했는데.”

“어떻게 안 돼?”

“개소리하지 마. 그랬다가 자살한 기자들이 한두 명인 줄 아나? 내가 자살한 새끼들 이름 불러 줘?”

“씨팔, 빡치네. 알았다. 그건 알아서 할게.”

김태기는 너무 화가 나서 친구와의 자리를 일찍 파했다.

그러고는 박이만을 바로 불렀다.

은밀한 룸살롱에서 만난 박이만은 김태기의 말에 심각한 얼굴로 물었다.

“그러니까 우리를 손절 치려고 한다?”

“그래 보이는데 어떻게 할래?”

“하? 그래, 경제 한번 박살 내 보지 뭐.”

나라가 망하든 말든 나라 경제가 망하든 말든, 알 게 뭔가? 중요한 건 자신들의 이권 아닌가?

"극렬 투쟁으로 간다."

"우리 측 노조원들한테도 그렇게 말할게."

"좋아, 그렇게 하자. 우리가 만만한가 본데, 우리가 얼마나 무서운 놈들인지 보여 주자고."

두 사람은 눈을 번뜩거렸다.

⚖

송정한 정부 시작과 동시에 몰락

자유 총노조 박이만 위원장, "총파업도 불사하겠다."

노동자 총연맹 김태기 위원장, "최종 목적은 송정한의 하야"

"지랄 났네, 아주."

노형진은 신문을 넘기다가 옆에 있던 송정한에게 물었다.

"어떻게 생각하십니까, 대표님?"

"어이가 없군. 내가 뭐라도 했어야 하야를 하든지 말든지 하지. 벌써부터 하야라니."

"뻔하죠. 극렬 투쟁을 하려는 겁니다."

"그렇겠지."

그때 대화를 듣고 있던 비정규직 노조의 강찬구가 눈치를 살피며 물었다.

“그런데 저희를 왜 도와주시는 건지 모르겠습니다만. 이런 행동은 너무 위험합니다.”

“위험하다고요?”

“네. 한국에서 두 집단의 파워는 상상 이상입니다.”

“알죠.”

“그런데도 굳이 두 집단을 적으로 돌리셔야겠습니까?”

강찬구의 걱정에 노형진이 미소를 지었다.

“저희가 걱정되시나 봅니다?”

“세상이 혼란스러우면 비정규직은 더 힘들어집니다. 이런 사태가 벌어지면 더더욱 그렇습니다. 진짜 총파업이라도 한다면…….”

노형진은 그 말에 코웃음을 쳤다.

“그렇게 되지 않을 거라는 걸 누구보다 강찬구 씨가 가장 잘 아실 텐데요? 그렇지 않습니까?”

“…….”

그 말에 강찬구는 아무런 말도 못 했다.

왜냐하면 수십 년간 비정규직 철폐를 요구하는 시위를 하고 그와 관련된 총파업을 했지만, 언제나 적당한 이권을 넘겨받고 포기했으니까.

비정규직인 자신들은 파업해 봐야 의미가 없다. 자르면 그만이니까.

그러니 정규직의 도움이 필요한데, 정규직은 이권만 받으

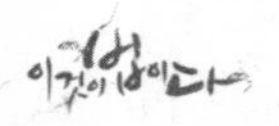

면 파업을 풀어 버리곤 했다.

"애초에 저들은 비정규직을 위해 싸울 생각이 없습니다. 아시죠?"

"그건 그렇습니다."

"사실 이런 전략은 정치판에서 흔하게 쓰는 방법입니다. 약자를 방패 삼아 권력자들이 권력을 착취하는 거죠. 대표적인 예가 바로 군인들의 가산점 헌법 소원이죠."

사람들은 그걸 여성계가 했다고 생각하지만 사실은 장애인 단체가 방패가 되어서 진행했던 소송이다.

여성계도 직접 소송하면 눈치가 보이니까 장애인 단체를 방패로 삼았던 것.

다만 사람들이 생각처럼 멍청하지 않았기에 그 뒤에 여성계가 있다는 걸 알고 욕한 것뿐이다.

"그 당시에 그건 사실 합헌 예정이었지."

당시 상황이 생각났는지 고개를 끄덕거리는 송정한.

"네? 그게 무슨 말입니까?"

"아, 그런 소문이 있었다네. 원래 헌법재판소에서는 그걸 합헌으로 보고 결정을 내려 놨는데, 청와대에서 전화가 왔다고 하더군. 그러고는 위헌으로 바뀌었다지."

"그거 불법 아닙니까?"

"법이 정치와 관련이 없다고 생각한다면 그놈이 병신이라네."

송정한은 단호하게 말했다.

“뭐, 말이 이상하게 흘러갔군. 중요한 건 그걸세. 이 모든 건 고도의 정치 싸움이야.”

“그들을 적대하는 것 자체가 말입니까?”

“그래.”

송정한은 미소를 지으며 말했다.

“웃기게도 그들의 말은 틀리지 않아. 비정규직은 비정규직 문제를 해결할 능력이 없네.”

마치 누군가에게 구걸하듯이 “해 주세요. 제발 비정규직을 없애 주세요.”라고 해야 하는 게 비정규직 노조의 비애다.

“그러니 저들을 이용해서 싸우게 만들어야지.”

“어떻게 말입니까?”

“지금처럼 말일세.”

송정한은 아주 맘 편한 얼굴로 말했다.

노형진의 계획대로 일이 굴러가고 있으니 화를 낼 이유가 없었다.

“저들은 극렬 투쟁을 예고하고 있지. 그런데 그 이유가 뭔가?”

“어…… 글쎄요.”

“비정규직의 폐지일세. 왜 그런 것 같나?”

“글쎄요.”

“노동운동의 한계는 명확하거든요.”

노형진은 싱글벙글 웃으며 말했다.

“그들이 싸우기 위해서는 핑계가 필요합니다. 법에서 정

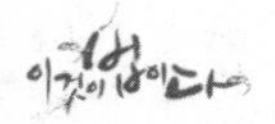

한 노동운동의 조건이 있거든요."

노형진이 노동운동을 싫어하거나 반대하는 건 아니다.

도리어 한때는 노조를 도와서 기업과 싸우고, 노동자들을 보호하고, 악덕 기업들을 뒤집어엎기도 했다.

"조건요?"

"그 조건이 뭐냐면, 노동운동은 노동자의 임금, 복지 또는 근무 환경 등 직접적으로 노동자와 연결된 문제에 대해서만 허락이 된다는 겁니다."

노조가 임금을 올려 달라고 요구하는 건 합법.

그리고 복지를 늘려 달라고 하는 것도 합법.

안전 문제를 걸고넘어지면서 안전 시스템을 만들어 달라고 하는 것도 합법이다.

"하지만 다른 거라면 어떨까요?"

주한 미군 철수를 걸고넘어지면? 그건 불법이다.

정권 반대 운동을 하면서 파업하는 건? 그것도 불법이다.

"그러면 기업은 손해배상을 청구할 수 있는 자격이 생깁니다."

수많은 노동운동에서 기업이 손해배상을 요구할 수 있는 가장 큰 이유가 바로 그거다.

노동운동이 아니라는 증거를 들이미는 것.

그리고 그건 노조 파괴의 가장 정석적인 방법으로 써먹혀 왔고, 노형진도 그런 기업과 소송을 해 보기도 했다.

"그건 전국급 노조라고 해도 마찬가지입니다."

그들의 힘이 아무리 크다 해도 대놓고 불법적인 파업을 할 수는 없다.

그렇게 되면 거기에 참여하는 사람들에게 기업이 막대한 손해배상을 청구하기 때문이다.

"그러니까 그들이 쓰는 방법은 1+1이죠."

전면에서는 비정규직 철폐 같은 걸 외치면서 파업하고, 뒤에서는 협상을 통해 정치적 이득을 얻는 거다.

"마치 북한처럼 말이죠."

"북한이라……."

"솔직히 자유신민당은 북한이 없으면 존재 가치가 없지 않나?"

그 말에 강찬구는 쓰게 웃었다. 틀린 말은 아니니까.

자유신민당의 가장 핵심 정신은 반공인데, 정작 중국에는 설설 기면서 그들의 똥구멍을 빨기 바쁘다.

결국 남은 공산주의 세력은 북한뿐.

그래서 그들은 툭하면 빨갱이니 종북이니 하는 말로 상대방을 억압한다.

그런 상황에서 북한이 사라진다?

그러면 그들의 반공은 공허한 헛소리가 될 뿐이다.

"설마……."

그 말을 들은 강찬구의 머릿속에서 문득 뭔가가 떠올랐다.

"지금까지 노조에서 우리를 도와주지 않은 이유가……?"

"맞습니다."

비정규직이 없으면 방패가 없으니까.

"저들은 절대로 비정규직을 없앨 생각이 없습니다."

"그런……."

"애초에 저희가 왜 강찬구 씨를 첫 회의에 동석시켰는지 아십니까?"

"그…… 글쎄요."

"강찬구 씨가 있으면 그들은 이면 합의 요구를 못 하거든요."

왜냐하면 강찬구가 그걸 터트릴 가능성이 있으니까.

"아마도 그들은 비정규직 철폐를 주장하면서 다른 이권을 요구하려 했을 겁니다."

그곳에서 있었던 일을 송정한 측은 절대로 공개할 수 없다.

그런 행동을 하면 정치적으로 의심받고, 믿음을 얻지 못할 테니까.

"하지만 동석자인 저는 아니라는 거군요."

"이해 당사자시니까요."

그러니 그들은 결국 비정규직 철폐만 요구할 수밖에 없다. 비정규직을 위한다면서 말이다.

"결과적으로 우리는 그들의 요구를 하나만 아는 겁니다. 비정규직 철폐."

"그런데요?"

"그러면 그들은 이제 그것만으로 싸워야 합니다. 그리고 우리가 거기에 굴복하면 어떻게 되겠습니까?"

"어, 어? 어?"

그 말에 강찬구의 눈이 커졌다.

그러면 진짜로 양대 노조는 비정규직 철폐를 요구하면서 싸우는 셈이 되고, 송정한 정부는 진짜로 비정규직 철폐를 위해 노력할 수밖에 없게 된다.

"진짜로 비정규직을 없앨 수 있는 겁니까?"

"아니요."

노형진은 애석하다는 듯 고개를 흔들었다.

"비정규직을 완전히 없애는 건 불가능합니다. 파급력이 너무 커요."

"그러면……."

"다만 법을 바꿀 수는 있죠."

비정규직을 쓰는 게 결과적으로 더욱 손해가 되는 방향으로 가면 비정규직은 자연히 없어질 수밖에 없다.

"비정규직을 쓰는 게 손해가 되게 한다고요?"

"네."

"그렇게 할 걸세. 우리는 나중에 굴복하고, 양대 노조와 함께 그렇게 법을 만들 거야."

송정한이 끼어들어 단호하게 확답하자 강찬구의 눈동자가 흔들렸다.

'그렇게까지 멀리 보고 정치를 한다고?'

그는 비정규직 노조를 하면서 수많은 정치인들을 봐 왔다.

대부분의 정치인들은 순간의 자존심이 중요했고, 자신의 권력이 중요했다.

그런데 송정한은 달랐다.

시작 단계에서 중요한 지지율을 희생하면서까지 비정규직들이 살 수 있는 길을 만들어 주려고 하고 있었다.

"없앨 수는 없지만……."

궁극적으로 불공정과 차별을 막을 수만 있게 되어도 큰 소득이다.

애초에 수십 년간 운영되어 온 비정규직을 단시간에 없애는 것도 불가능하기는 하다.

"그러면 저희는 뭐를 해야 합니까?"

그런 계획까지 세우고 자신을 따로 불렀다는 것은 뭔가 자신에게 요구할 게 있어서일 것이다.

"가장 먼저 하실 일은 그들과 손잡고 우리를 공격하시는 겁니다."

"네?"

어리둥절한 표정이 된 강찬구가 다시 물었다.

"공격을 해 달라고요?"

"네."

"하지만 이 순간에는 한편이라도 있어야……."

"아뇨. 안 됩니다. 이 상황에서는 저희가 굴복해야 합니다. 저희가 압도적인 힘에 굴복해서 비정규직에 손댈 수밖에 없도록 그림이 그려져야 합니다."

어설프게 비정규직 노조가 편들어 주면 그림이 웃기게 된다.

양대 노조에서 비정규직 노조를 도와주는데 정작 비정규직 노조가 반대하는 모습이 그려지니까.

"아, 그러네요. 그런데 저희에게 도움을 요청할까요?"

"할 겁니다. 그들은 이럴 때마다 비정규직 노조에 손을 내밀어서 세력을 키워 왔으니까요."

"그건 그렇지요."

"그들을 자극해서 더더욱 극렬하게 공격하게 만들어 주시면 됩니다."

"그러다가 총파업이라도 하면 어쩌시려고요? 그렇게 되면 정치적 문제가 아니라 진짜 경제적인 피해가 심각해질 겁니다."

그렇게 말하는 강찬구는 진심으로 앞날을 우려하고 있었다.

그러나 노형진은 코웃음을 쳤다.

"총파업요? 그치들은 절대로 못 합니다."

"어째서요?"

"총파업 결정은 위원장이 하는 게 아니거든요."

총파업을 하기 위해서는 노조원들이 투표를 하고, 그 결과 찬성이 나와야 한다.

"그간 총파업이 가능했던 건 노조원들이 이면에 있는 다른 조건을 알고 그로 인한 이득을 얻기 위해 손잡았기 때문입니다."

"그렇죠."

"그런데 지금 저들이 내걸 조건이 뭔지, 우리도 모르고 언론도 모릅니다."

왜냐, 애초에 그걸 말할 기회 자체를 주지 않고 오로지 비정규직 문제만 물고 늘어졌기 때문이다.

"결국 투표 안건은 비정규직 철폐를 위한 총파업이 될 텐데, 많은 정규직들이 비정규직들을 깔보고 무시합니다."

설사 아니라고 해도, 자신과 상관없는 사람들을 위해 손해 보고 싶어 하는 사람은 아무도 없다.

"파업하면 그 기간 동안 임금도 못 받습니다."

이겨도 자기가 돈을 받는 것도 아니고, 휴가를 받는 것도 아니며, 혜택은 오로지 비정규직이 받게 된다.

"거기에 누가 찬성하겠습니까?"

아마도 비정규직 문제로 파업 투표를 하게 되면 압도적인 비율로 반대가 나올 거다.

파업은 없이 정치적인 투쟁만 계속되는 건 충분히 해 볼 만한 일이었다.

"도리어 극렬할수록 우리가 항복할 가능성이 높아지죠. 그리고 그들 입장에서는 강찬구 씨와 비정규직 노조를 무시 못 합니다."

당연하다.

그들은 가면이 필요하다. 그 가면이 바로 비정규직 노조다.

그런데 갑자기 비정규직 노조가 뛰쳐나가서 '저들은 다른 목적이 있고 비정규직 철폐에 관심이 없다.'라고 알려 버리면 그들의 진짜 얼굴이 드러나게 되니 국민들에게 지지받는 게 불가능해진다.

"그렇군요."

"그러니까 가서 극렬하게 싸우세요. 저희를 죽일 것처럼 말입니다."

노형진은 미소를 지으며 말했다.

"그만큼 나오는 게 있을 겁니다, 후후후."

얼마 후 노형진의 말대로 박이만과 김태기가 찾아왔다. 그리고 강찬구를 설득했다.

"이번이 진짜로 비정규직 철폐를 위해 싸워야 할 기회일세."

"하지만 저희가……. 아시지 않습니까? 노조 활동을 격렬하게 하면 저희는 잘립니다."

"알고 있네. 그러니까 우리가 도와주겠다는 거 아닌가?"

마치 비정규직을 위해 헌신하겠다는 것처럼 말하는 두 사람의 모습에 강찬구는 비웃음이 떠오르려는 걸 애써 참았다.

'개 같은 새끼들.'

그날 그곳에서 자신을 빼고 이야기하려고 하는 걸 두 눈으로 똑똑히 봤다.

그런데 자신을 이용해서 싸우려고 하다니.

'그래, 나도 너희를 이용하마.'

송정한과 노형진이 그랬다.

믿지 말고 이용하라고. 그건 자신들도 마찬가지라고.

'그렇다면 더더욱 크게 이용해야지.'

"감사합니다. 역시 두 분은 믿을 만하군요."

"당연한 거 아닌가? 같은 노동자끼리 힘을 합해야지, 허허허."

박이만은 천연덕스럽게 말하면서 씩 웃었다.

"그렇잖아도 얼마 전에 송정한 당선자를 만나러 갔다 왔습니다."

"뭐라고?"

"그놈은 왜?"

그 말에 그 둘은 잔뜩 경계했다.

만일 송정한이 비정규직 노조를 먼저 포섭했다면 자신들의 계획이 틀어지기 때문이다.

다행히 강찬구의 입에서 그런 이야기는 나오지 않았다.

"비정규직 철폐는 무리라고 하더군요."

"허! 정말인가?"

"네."

"어이가 없군. 우리 앞에서는 비정규직 철폐를 하기 위해서는 비정규직과 이야기할 필요가 있다고 말하더니."

"맞습니다. 그렇게 말했지요. 그런데 저한테는 단호하게 말하더군요, 비정규직은 없앨 수 없다고.”

“후안무치한 놈이군.”

박이만과 김태기는 강찬구의 말에 고개를 끄덕거리면서 동조해 줬다.

하지만 그런 모습에 강찬구는 속으로 피식 웃을 뿐이었다.

‘내가 거짓말한 건 아니니까.’

실제로 노형진은 ‘당장은’ 비정규직을 없앨 수 없다고 못 박았다.

그러나 장기적으로 처우를 개선하고 궁극적으로 비정규직을 쓰면 손해라는 인식을 만듦으로써 비정규직을 없애는 쪽으로 가야 한다고도 말했다.

“이놈들을 가만둘 수는 없겠군.”

“맞습니다. 이대로 당할 수는 없습니다. 그러니 반격해야 합니다.”

김태기의 말에 강찬구는 격하게 고개를 끄덕거렸다.

“그러면 우리와 같이하세.”

“감사합니다.”

그들은 강찬구의 손을 굳게 맞잡았다, 눈앞의 상대와 동상이몽하고 있다는 것을 모른 채로.

정치적 후퇴

"골치 아프군요."

송정한은 기업인들과 긴밀한 회동을 가졌다.

그 회동에 참여한 기업인들, 정확하게는 한국경제인총연합은 심각한 얼굴을 하고 있었다.

"도대체 왜 이런답니까?"

아무것도 모른다는 듯 중얼거리는 송정한.

그런 송정한에게 사시범이 물었다.

"요구 조건이 뭐랍니까?"

"비정규직 철폐입니다."

"다른 조건은 없습니까?"

"전혀요."

'이 새끼들, 무슨 생각이지?'

사시범은 이해가 되지 않았다.

이쯤 되면 어떻게 해서든 합의해야 하는 시점이다.

그런데 말도 안 되는 주장을 하면서 아예 조건을 이야기도 하지 않는다니.

'이럴 놈들이 아닌데?'

지금 양대 노조는 극렬 투쟁을 선포하고 대통령이 되지도 않은 송정한에게 하야를 요구하고 있다.

그리고 정국은 혼란스럽기 그지없다.

"진짜로 다른 건 아무것도 요구하지 않는답니까?"

"네."

사시범은 떨떠름한 기분이 들었다.

하지만 그렇다고 해서 자신이 그들과 협상할 수도 없다.

'그놈들에게 뭐라도 쥐여 주면 그때는 끝이다.'

협상이란 매번 그래 왔다.

자신들이 뭘 주면 그놈들은 악착같이 더 뜯어내려고 했다.

'이번도 마찬가지.'

만나서 협상?

애초에 자신은 그럴 주체도 아니고 그럴 생각도 없다.

"여기서 물러나시면 안 됩니다. 그놈들은 어떻게 해서든 당선자님을 굴복시키려 할 겁니다."

"일단 제가 그들과 이야기를 해 봐야 하지 않겠습니까? 지금 지지율이 심상치 않아요."

"안 됩니다. 그렇게 되면 임기 내내 그들은 당선자님을 만만하게 볼 겁니다."

"하지만 시작도 하기 전에 이렇게 관계가 틀어지는 건 곤란하단 말입니다."

송정한은 마치 닳고 닳은 정치인처럼 걱정스럽게 말했다.

"저로서도 지지율을 유지해야 하는 상황 아닙니까?"

"그건……."

사시범은 이를 악물었다.

'이대로는 안 된다.'

돈을 줘서 뭔가를 하는 건 송정한의 성향상 불가능하다.

사실 송정한은 여기 있는 일부 대표들보다 돈이 많은 사람이다.

마이스터의 투자를 통해 막대한 부를 쌓아 올렸다.

그런 사람에게 뇌물은 의미가 없다.

애초에 뇌물에 움직이는 사람이라면 자신들이 이렇게 조심할 필요도 없었을 것이다.

뭘 하든 돈만 쥐여 주면 입 닥칠 테니까.

'방법은 하나뿐이군.'

그게 아니라면 그의 편이 되어 줘야 한다.

송정한은 자기편이 적다. 그것도 상당히 적다.

우리국민당이라는 당의 당수이지만 우리국민당 내부에도

적이 많았다.

그저 권력이라는 것을 누리기 위해 힘을 합친 사람들이니까.

그러니 자기들이 힘이 되어 준다면, 송정한은 자신의 자리를 지키기 위해 자신들을 챙겨 줄 수밖에 없다.

언제나 그래 왔다.

"저희가 도와드릴 수 있을 거라 생각합니다."

"저를 도와주신다고요?"

"네."

"하지만 제가 해 드릴 수 있는 게 없습니다만."

"저희가 뭘 바라고 하는 게 아닙니다. 사회정의를 위해 하는 겁니다. 지금은 아직 모든 비정규직을 없애는 게 불가능한 거 아닙니까?"

"그렇지요."

그건 불가능하다. 그랬다가는 대한민국은 난리가 난다.

일부 비정규직을 정규직화했을 때 나라가 망한다면서 반발한 것은 황당하게도 정규직들이었다.

자신들이 힘들게 들어온 그 자리에 비정규직은 너무 쉽게 들어왔다면서.

그들이 과연 욕심만 가지고 그러는 걸까?

그것도 아니다.

사람들은 언더도그마를 가지고 있다. 그래서 약자가 선하다고 생각한다.

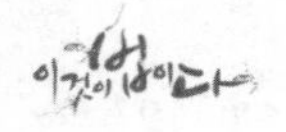

하지만 일부 직종에서 비정규직을 정규직화하자 명백한 문제가 되었다.

정규직화되어 버린 비정규직이 공공연하게 명령 체계를 무시하고 일방적으로 일을 진행하거나 업무를 방치하기 시작했던 것.

시험을 보고 온 공무원에게 정규직화된 공무원이 경험이니 짬밥이니 하면서 업무에 관해서는 자신이 잘 안다면서 자기 마음대로 하라고 명령하거나, 또는 아예 신입으로 발령받은 사람들을 노예처럼 부리면서 정작 자기는 일을 하지 않는 문제도 발생했다.

극히 일부에서 발생한 문제라지만 그 문제가 심각해서, 기존 정규직과 새롭게 정규직이 된 사람들 간에 폭행 사건이 심심찮게 발생하기도 했었다.

일부만 해도 그런데 비정규직을 완전히 없앤다?

아마 심각한 혼란이 몇 년간 계속될 거다.

'그러니 순차적으로 돌려야지.'

노형진은 그러기 위해서는 노동자보다는 기업의 힘이 더 필요하다는 걸 알고 있었다.

그랬기에 기업을 이용할 방법을 송정한에게 알려 준 상황.

"어떻게 도와주시겠다는 겁니까? 돈 같은 걸 이야기하신다면 제가 불편합니다."

말이 불편하다는 거지 그런 짓을 하려 들면 죽여 버리겠다는 의미라는 걸 사시범이 모를 리가 없다.

"설마요. 그런 짓을 왜 하겠습니까?"

사시범은 송정한을 보며 미소 지었다.

"저희가 그 지지율을 적극적으로 지켜 드리겠습니다."

그는 자신 있게 말했다.

⚖

"송정한을 도와주자고요? 미쳤습니까? 그놈은 반기업적인 놈입니다."

회동이 끝난 뒤 한경연의 회원인 기업인들 사이에서는 격렬한 토론이 벌어졌다.

"하지만 현실적인 사람이기도 하죠. 지금 노조 쪽은 단 하나만 요구하고 있어요. 비정규직 철폐. 그런데 그 타격은 누가 입습니까?"

"끄응."

"송정한이 반기업적인 놈인 건 맞습니다. 하지만 동시에 현실주의자이기도 하단 말입니다."

의원 시절 송정한이 발안한 정책을 보면 그가 이상주의자가 아님을 알 수 있다.

현실을 고쳐서 자기 입장에서는 보다 나은 세상을 위해 한 걸음씩 나아가는 건 사실이나, 그렇다고 해서 말도 안 되는 걸 갑자기 들이미는 이상주의 정치꾼도 아니었다.

“그도 압니다, 비정규직은 못 없앤다는 걸. 그리고 그걸로 인해 일이 이 지경이 됐다는 것도.”

사시범의 말에 다들 고개를 끄덕거렸다.

기업을 운영하기 위해서는 정치인에 대한 판단은 필수니까.

중소기업도 아니고 나름 한국경제인총연합에 가입할 정도의 기업을 운영하는데 그걸 모를 리가 없다.

“그래서요? 도대체 그놈들이 노리는 게 뭐랍니까? 보통 이쯤 되면 적당히 물러나면서 떡고물 좀 달라고 해야 하는 거 아닙니까?”

“보통은 그래야죠. 그런데 이번에는 다릅니다. 아무것도 원하는 게 없어요.”

“아무것도?”

“네, 아무것도.”

“진짜로 비정규직 철폐를 요구한다 이겁니까?”

“그럴 리가요. 다만 그게 뭐든 간에 우리에게는 좋지 않을 겁니다. 그것도 아주 좋지 않겠지요. 그놈들이 하는 짓거리, 한두 번 봅니까?”

요구하는 게 클수록 양대 노조는 더더욱 극렬하고 더더욱 극단적으로 싸워 왔다.

그런데 지금까지와는 다르게 허니문 기간에 이 정도로 이빨을 드러낸다면, 그들이 요구하는 것도 지금까지와는 전혀 다른 수준일 게 뻔했다.

"도대체 뭘 요구하려고 할지……."

다들 고민하려고 하는 그때, 한 사람이 손을 들었다.

"그…… 뭔지 알 것 같은데."

"뭡니까, 배 회장?"

"몇 년 전인가? 그놈들이 회사 감사 자리를 요구하지 않았나?"

"어…… 아, 그랬죠."

노동자로서 당당하게 회사의 운영에 관여하겠다면서 이사 자리를 요구한 적이 있었다.

그것도 황당한데, 더 황당한 건 다름 아닌 그 자리가 감사 자리였던 것.

왜 하필 감사 자리일까?

그 자리에 앉으면 원하는 대로 누구든 날릴 수 있기 때문이다.

회장?

물론 회장까지 날릴 수는 없겠지만 그가 하는 행동 하나하나에 태클을 걸 수는 있다.

당연히 회장들이 극비리에 만드는 비자금에도 접근할 수 있다.

"그게 한 20년 전……이었지, 아마?"

"정확하게는 17년 전이었습니다."

그 당시 정권은 노동계에 약했다.

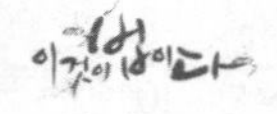

지금 기업들에서 가장 없애고 싶어 하는 수많은 법들이 그 당시에 만들어졌다.

그랬기에 그 당시 노동계는 어느 때보다 강성했고 어느 때보다 극렬했다. 요구할수록 더 나왔으니까.

"그러고 보니……."

송정한의 이미지가 그 당시와 비슷하기는 했다.

돈도 받지 않고, 국민을 우선시하고, 별도의 당을 만들어서 대통령이 된 그 당시와.

"그 당시 그놈들이 그걸 아주 극렬하게 요구했지."

그리고 아무리 물러난다 해도 기업에서는 그걸 받아 줄 수가 없었다.

그러면 경영마저도 노조가 컨트롤하게 되니까.

결국 극단적으로 대립했고, 그 당시에 기업들은 은근히 노조를 편들어 준 대통령을 탄핵시키려고 온갖 곳에 돈을 뿌리고 로비를 해야 했다.

다행히 한바탕 난리가 난 후 유야무야되었지만.

"이 새끼들이!"

그 당시가 생각나자 사시범을 비롯한 기업인들의 눈에서 불똥이 튀었다.

"생각해 보면 그거 말고는 없겠군. 이 정도로 압박한다면 말이야."

"다시 한번 그때를 노린다 이겁니까?"

"송정한은 친노조적이야. 반기업적이기도 하고."

최소한 그들은 그렇게 느끼고 있었다.

"그들로서는 이게 기회라고 생각할 수도 있겠지."

그 말에 사시범은 이를 악물었다.

"그러면 절대로 가만둘 수 없겠군요."

"그래, 가만두면 안 되네. 더군다나 그 당시와 비교하면…… 지금이 더 위험해."

그 당시 한국경제인총연합의 힘은 하늘을 찔렀다.

실제로 대통령을 탄핵 직전까지 몰아갈 수 있었을 정도로 말이다.

그리고 국민들도 멍청하기 그지없었다.

더군다나 그 당시 대통령은 이상주의자에, 자기편도 없는 멍청이였다.

"그에 반해 송정한을 보게."

그는 자기 스스로도 힘이 있고 우리국민당을 꽉 쥐고 있다.

배후에는 마이스터와 새론이라는 강력한 지지 세력도 있다.

탄핵?

애초에 그런 짓을 할 힘이 이제 한국경제인총연합에는 없다.

설사 그런 시도를 한다고 해도, 송정한의 뒤에 있는 마이스터의 힘이면 그 일에 끼어든 기업들을 하나하나 파산시키는 건 일도 아니다.

"노형진 변호사의 전적을 모르는 건 아니겠지?"

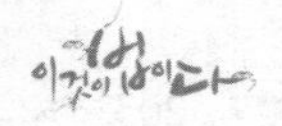

"……."

그 말에 다들 침묵을 지켰다.

아무것도 없던 시절에도 노형진은 성화라는 거대한 괴물을 침몰시켰다.

그 당시에 아무리 대룡이 도왔다 해도, 처음 전쟁을 시작할 때 대룡은 성화보다 재계 서열이 훨씬 아래였다.

그러나 이제 대룡은 재계 서열 2위까지 올라왔고 성화는 무너졌다.

그 일가는 여전히 인체의 신비전에 전시되고 있다는 소문도 여전히 흉흉하다.

죽어서도 평안을 찾지 못한 비참한 결말.

"그런 놈들과 싸울 수는 없습니다."

"우리가 힘을 합하면 안 되겠습니까?"

"글쎄요, 그게 될까요?"

사시범은 고개를 흔들었다.

"다들 바보는 아니지 않습니까?"

하나가 약해지면 같이 방어할까, 아니면 그 하나를 찢어먹기 위해 달려들까?

성화의 마지막 때 기업들은 그 잔해라도 뜯어먹기 위해 달려들었다.

성화의 회장이 도와 달라, 다음에는 너희가 표적이 될 거라고 이야기했지만 누구도 돕지 않았다.

당장 눈앞에 있는 성화라는 먹잇감이 너무나 컸기 때문이다.

"하나씩 잡아먹는다면 과연 어떻게 도울 겁니까?"

돈을 퍼 줄까? 일을 맡길까?

그런데 그렇게 해서 그 기업이 위기를 이겨 내고 오히려 커지면?

과연 그가 나중에 의리를 지킬까?

"솔직히 말해서 우리가 똘똘 뭉친다 해도 대룡과 마이스터 그리고 미다스에게 대항하기는 힘들겠죠."

이미 힘이 빠질 대로 빠져 이제는 존재감이 흐려진 한국경제인총연합이다.

그곳을 위해 자기들의 인생을 걸 의리로 똘똘 뭉친 놈은 기업의 회장이라는 자리를 지킬 수도 없다.

그걸 여기 있는 사람들은 누구보다 잘 알고 있다.

"그러니 우리가 손을 내밀어서 송정한을 도와야 합니다."

"하지만…… 반기업적인 인사인데."

"최소한의 상식은 있는 인간이죠. 그리고 송정한에게 한 방 먹은 노조 놈들이 과연 그와 함께 일하려고 할까요?"

"아!"

그들은 원한을 오래 기억하고, 마음에 들지 않으면 사사건건 방해한다.

그러니 이번에 송정한에게 배신당했다고 생각되면 임기 내내 어떻게 해서든 송정한을 파멸시키기 위해 발악할 거다.

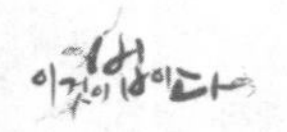

“제가 아는 박이만과 김태기라면, 절대로 노동자를 위해 싸울 놈들이 아닙니다.”

기업을 운영하는 입장에서 양대 노조의 대표, 아니 지배자들에 대해 조사하는 건 너무나 당연한 일.

“하긴, 그놈들은 극단적으로 이기적인 놈들이지.”

그들이 속한 곳이 노조가 아니라 기업이었다면 아마도 그들은 여기에서 한자리씩 차지하고 있으리라.

그만큼 이기적이고 자기 권력을 지키기 위해서는 피도, 눈물도 없는 놈들이었다.

“이 새끼들이.”

그러면 이해가 가는 부분이 또 있기는 하다.

어째서 비밀로 하고 압박만 가하는가?

그건 지난번의 실패를 교훈으로 삼았기 때문이리라.

그걸 요구했을 때 기업들에서는 탄핵을 불사하는 한이 있어도 결사적으로 막으려고 발악했다.

그러니 아예 비밀로 하고 움직이는 거다.

물론 이 모든 게 자라 보고 놀란 가슴 솥뚜껑 보고 놀란 것이기는 하지만, 애초에 노동계와 재계는 원래 동반자이지만 상극이고 또한 철천지원수다.

그러니 이들은 각자 자기 입장에 맞춰서 생각할 뿐이었다.

“이놈들을 가만둘 수는 없습니다.”

“송정한에게 힘을 실어 줘야 하겠군요.”

"우리가 허니문 기간을 가지는 걸로 표현해야겠네요."

"언론을 통해 압박하자 이건가?"

"맞습니다. 어차피 언론은 우리 편 아닙니까?"

재계는 수십 년 동안 노조에 악마 프레임, 빨갱이 프레임 그리고 귀족 프레임을 씌워 왔다.

그게 가능했던 것은 언론이 노조보다는 자신들에게 충성하기 때문이다.

상식적으로 돈을 주는 건 자신들이니 어찌 보면 당연한 일.

"적극적으로 압박을 가하도록 하죠."

"그러세."

사시범의 말에 다른 기업의 대표들 역시 고개를 끄덕거렸다.

그렇게 상황은 천천히 노조 대 기업의 싸움이라는 형태로 흘러갔다.

"언론에서 날 물고 빨아 주다니. 내 참, 살다 살다 별꼴을 다 보는군."

그게 송정한의 솔직한 심정이었다.

지금까지 자신을 단 한 번도 좋게 표현한 적이 없는 언론이었다.

그런데 갑자기 무슨 구국의 영웅처럼 포장하고 신나게 물고 빨기 시작했다.

"대표님, 진짜 똥구멍이 헐겠습니다."

"그러니까 말이야. 이러니 정치인들이 한번 맛 들리면 거기서 헤어나지 못하지."

송정한은 혀를 끌끌 차면서 서류를 내려놨다.

"일단 중요한 건 자네 말대로 언론이 내 편을 들어 주기로 했다는 거군."

"네."

"그래도 지지율이 조금씩 떨어지는 건 어쩔 수가 없을 텐데?"

"알고 있습니다."

송정한에게 투표한 사람들 중에는 당연히 비정규직도 있다.

그런데 비정규직은 노조에서 극렬하게 반대한다고 하면 당연히 색안경을 쓰고 보게 된다.

"노조는 아주 극단적인 방식으로 선회한 모양이고."

처음에는 단순히 모여서 시위하는 수준이었는데 이제는 3보 1배와 머리 깎기 그리고 마지막으로 단식까지 시작했다.

"단식도 쇼죠, 뭘."

"어떻게 아나?"

"단식이 30일씩이나 가능한 게 말이 된다고 생각하십니까?"

상식적으로 단식을 30일씩 하고도 사람이 죽지 않는 게 이상한 거다.

물만 마시면서도 한 달은 버틸 수 있다지만, 그런 경우 사람이 삐쩍 말라 가는 게 눈으로 보인다.

"그런데 소위 단식한다는 놈들은 참 뻔하거든요."

무려 2주를 단식했다는 놈이 살이 전혀 빠지지 않았거나 심한 경우 도리어 개기름이 좔좔 흐르기도 한다.

"안 봐도 뻔하죠. 몰래 뭘 먹는 겁니다."

"하긴, 교대 단식이라는 참신한 방법도 있었지."

"아, 그런 적이 있죠."

자유신민당이 정치적 문제로 단식을 한 적이 있다.

그들은 그 당시에 교대 단식이라는 걸 내세웠다.

쉽게 말해서 여덟 시간 3교대로 돌아가면서 단식을 하는 거다.

말이 단식이지 단 한 끼만 굶는 거고, 저녁에는 아예 자니까 실제로는 한 끼도 굶지 않는 거다.

"그 당시에 간헐적 단식이 유행하던 시절이었으니."

결국 그걸로 잔뜩 조롱당한 자유신민당은 금방 포기했다.

"그나저나 이제 언론과 기업은 내 편으로 돌렸다고 치고, 자네가 말한 그 문제를 해결해야겠군."

"네. 노조도 지금 누가 자신들을 공격하는지 알 겁니다."

노조와 기업은 수십 년간 서로 싸워 왔기에 상대방의 방식에 대해 누구보다 잘 안다.

"그러니까 지금 언론 플레이를 하는 게 기업이라는 것도 알 겁니다."

"그렇겠지."

"이제 슬슬 강찬구 씨가 움직여야 할 때군요."

강찬구는 현재 노형진과 송정한의 부탁을 받고 양대 노조와 함께 극렬 투쟁을 하고 있었다.

이제 그가 노조를 상대로 블러핑을 할 차례였다.

⚖

쾅!

"개 같은 한경연 놈들!"

박이만은 분노로 부들부들 떨었다.

"한경연요?"

"한국경제인총연합 말이야. 이용자 새끼들!"

"그놈들이 이번 사태의 주범이란 말입니까?"

"그래! 귀족 노조니 종북이니, 그런 말이 들어가는 기사는 거의 100% 그 새끼들이 압박했을 때 나오는 단어야."

박이만과 김태기는 어느 순간부터 강찬구에게 반말을 하고 있었다.

하지만 강찬구는 그저 모른 척했다.

왜냐, 이런 식으로 자신을 깔볼 걸 알고 있었기 때문이다.

이미 알고 들어왔고, 저들이 자신을 깔볼수록 자신은 유리해지는 싸움이었다.

"그놈들이 송정한 그 새끼에게 붙은 게 확실해."

"언론에서는 허니문 기간이라고 하던데요."

"허니문은 개뿔. 지랄하지 말라고 해."

자기들을 뺀 허니문이라니 그건 박이만도, 김태기도 용납할 수 없었다.

"그러면 어떻게 해야 합니까?"

"씨팔, 그게 문제인데. 파업을 해야 하나."

"무리야. 나도 넌지시 물어봤는데 다들 말도 안 되는 소리 하지 말라고 하더군."

박이만의 말에 김태기는 고개를 흔들었다.

"다들 고작 비정규직 때문에 파업한다는 건 말도 안 된다는 소리야. 그 기간 동안 일을 못 하는데 월급은 누가 주냐며."

'고작 비정규직이라…….'

그 말에 강찬구는 속으로 쓴웃음을 지었다.

김태기의 말은 아차 하는 순간에 나온 본심일 것이다.

그런데 정작 그는 그런 실수조차 인식하지 못하고 있었다.

'너희한테 우리 비정규직은 그런 존재구나.'

비정규직을 대표하는 비정규직 노조의 대표가 있는 자리에서 '고작'이라든가 '따위' 같은 표현이 가감 없이 나올 정도로 가치가 없는 인간들. 그게 비정규직이라…….

'그렇게 나온다면 나 역시도 거리낌 없이 이용해 주도록 하마.'

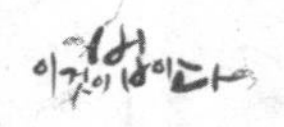

강찬구는 속에서 더더욱 끓어오르는 분노를 억누르며 말했다.

"그러면 다른 방법으로 압박을 가해야 하지 않을까요?"

"그게 문제야. 개 같은 새끼들."

"문제라고요?"

"압박을 가할 뾰족할 방법이 없단 말이지."

"어째서요?"

"기업별로 노조가 다르니까."

"다릅니까?"

"그래, 달라."

가령 A라는 기업에 노조가 있다고 치자.

그 노조가 비정규직 문제로 인해 파업한다면 과연 그게 정당한 파업으로 인정받을까?

그럴 가능성은 높지 않다.

A사의 노조는 엄밀하게 말하면 A사와 직접적으로 연관 있는 문제로만 파업할 수 있기 때문이다.

직접적인 문제로 파업해야 한다는 특성상, 이 비정규직 철폐 문제로 파업하는 건 애매해진다.

물론 같은 노조원으로서 파업에 동참한 거라고 우기면 되지만 거기에는 전제가 필요하다.

"너희가 먼저 파업해야 한다는 거지."

같은 노동자로서 파업에 동참해 준다는 명분이 가능해지

려면 비정규직이 먼저 파업을 선동하고 선포해야 한다.

그런데 지금까지 두 노조가 그들을 뒤로 빼면서 전면에서 설친 이유가 뭔가?

바로 '비정규직은 파업하는 순간 해고되고, 그러면 노조원으로서의 자격이 상실된다.'라는 문제가 아니던가?

그러면 이쪽도 노동자로서 파업을 같이 해 줄 수가 없게 된다.

노조원이 아닌 자가 파업하는 건 불법행위니까.

'그럴 거라는 걸 알지.'

이미 강찬구는 노형진에게 일이 이렇게 될 거라는 걸 들은 상태였다.

"그러면 다른 걸로 고발하면 안 됩니까?"

"뭐로? 별 시답잖은 걸로 고발하는 건 아무 효과도 없어."

노형진이 한때 기업 내의 온갖 불법행위를 고발해서 기업을 정지시킨 적이 있지만 그건 사실 기업 입장에서는 아주 큰 타격은 아니다.

그 방법으로 기업을 정지시킬 수 있었던 것은 어디까지나 그 기업이 좀 특수하게 온갖 문제를 가지고 있었기 때문이지, 대부분의 기업은 경고는 들을지언정 안전 문제로 공장 자체가 정지를 명령받을 정도의 심각한 문제는 애초에 가만두지 않는다.

그러다 보니 그걸로 상대방에게 심대한 타격을 주는 건 불가능하다.

"그래요……?"

그 말에 강찬구는 고민하는 척 한참 침묵을 지켰다.

그러다가 조심스럽게 입을 열었다.

"그…… 다른 불법행위를 고발하면 안 됩니까?"

"다른 불법행위? 뭐가 있는데?"

"포괄 임금제 말입니다."

"포괄 임금제?"

"그게 왜?"

"그거 사실은 불법이거든요."

법에서 정한 포괄 임금제는 조건이 까다롭다.

하지만 대부분의 기업에서 그 포괄 임금제로 비정규직을 착취하고 있다.

누가 봐도 불법이지만 저항하지 못하는 걸 이용하는 거다.

"그걸 우리보고 고발하라고?"

"고발은 노조가 할 수 있지 않을까요?"

"확실해?"

"네. 친고죄는 아니니까."

친고죄는 법으로 친고죄라고 정확하게 명시되어 있어야 한다.

만일 그런 명시가 없다면 그 사실을 안 누군가가 고발해도 법적으로는 문제가 전혀 없다.

"그게 문제가 되나?"

'너희야 문제가 안 되겠지.'

정규직이, 그것도 노조가 있는데 포괄 임금제를 적용하는 회사는 없다.

왜냐하면 그런 짓을 했다간 노조에서 회사를 뒤집어엎을 테니까.

하지만 비정규직이니까 마음대로 착취해도 된다.

"비정규직의 포괄 임금제?"

그 말에 강찬구와 김태기는 혹했다.

확실히 그들도 노동운동을 하는 입장에서 그러한 포괄 임금제가 불법이라는 것 정도는 알고 있었다. 다만 관심이 없었을 뿐.

"네, 그거 불법입니다. 그런데 고발을 저희가 할 수는 없죠."

잘리니까.

하지만 제3자는 얼마든지 고발할 수 있다.

"자료를 얻는 게 힘들지는 않겠네."

막말로 지금 기업 중에 포괄 임금제를 운영하지 않는 회사는 거의 없으니까.

"그걸로 엮어 버리자 이거지?"

박이만과 김태기는 생각지도 못한 방식에 눈을 번뜩거렸다.

"좋은 생각이야. 흐흐흐, 개 같은 새끼들."

포괄 임금제에 대해서는 아예 처벌 규정이 없다.

왜냐하면 그걸 만들 때 처벌 규정을 막기 위해 기업에서 악착같이 로비를 했기 때문이다.

말이 포괄 임금제지 그냥 대놓고 착취할 수 있는 기회다.

그런데 착취하고자 하는 대상이 신고했을 때 처벌하면 결국 그 기업은 엄청난 손해를 입게 된다.

최소한 벌금이고, 최악의 경우 대표가 구속될 수도 있다.

그렇다 보니 포괄 임금제 관련 규정에는 처벌 규정이 없고, 그걸 위반해도 어떤 처벌도 받지 않고 그냥 밀린 돈만 주면 된다.

"하지만 돈이 전부지, 흐흐흐."

문제는 이 포괄 임금제와 관련해서 쌓인 돈이 한두 푼이 아니라는 거다.

포괄 임금제가 처음 인정된 건 1974년이다.

그리고 그러한 포괄 임금제의 조건이 법원에서 확실하게 정해진 게 2010년이다.

문제는 1974년부터 2010년까지 꿀을 빨던 기업들이 그 버릇을 못 고치고 계속 과거의 규정대로 기업을 굴렸다는 거다.

그러면 뱉어 내야 하는 돈이 얼마나 될까?

"못해도 수십억, 많은 곳은 수백억이겠지."

그 정도면 기업들에 치명타가 될 수 있다.

"좋은 생각이야. 그거 자료 구할 수 있지?"

"노조원들에게 계약서 사본을 달라고 할 수는 있을 겁니다. 물론 공개는 못 하고요."

"상관없어."

고발할 때는 계약서상의 이름과 개인 정보만 감출 수 있다.

중요한 건 그 포괄 임금제로 인한 불법행위로 물고 늘어질 수 있다는 것.

"가능하면 빨리 구해서 가져다줘. 이참에 한경연 놈들 엿 좀 먹여 보자고."

박이만은 벌써부터 승리한 듯 기분이 째지는 느낌이었다.

그렇기에 그는 자신이 이용당하고 있다는 생각은 조금도 하지 못하고 있었다.

"노 변호사, 자네 말이 맞더군. 포괄 임금제를 문제 삼아 고발이 시작되었네. 특히 한국경제인총연합 쪽 기업들을 노리더군."

"당연한 겁니다. 한경연 쪽 사람들이야 뭐, 뻔하거든요."

노형진은 어깨를 으쓱하며 말했다.

"포괄 임금제는 한국에서 운영하지 않는 기업이 없는 범죄 행위죠. 그걸 운영하지 않는 곳은 잘해 봐야 대룡같이 거대한, 재계 5위 안에 들어가는 기업뿐일 겁니다. 그마저도 본사 수준에서나 그럴 테고요."

계열사 같은 경우는 아무리 큰 기업이라 해도 그 포괄 임금제를 도입해서 악착같이 노동자를 빨아먹고 있었을 거다.

"그런데 이제 상황이 달라졌죠."

양대 노조에서는 기업들에 파괴력 있는 폭탄을 얻게 되기를 오랜 시간 원했다.

그러나 마땅한 파괴력이 있는 폭탄이 없었다.

"하지만 이제 상황이 달라졌죠."

"비정규직의 포괄 임금제 말이군."

"맞습니다."

비정규직 노조가 함께하는 한 그들은 포괄 임금제를 가지고 기업들을 고발할 수 있다.

그리고 기업 입장에서는 이게 여간 골치 아픈 문제가 아니다.

"더군다나 한국경제인총연합 같은 경우는 더 심각할 겁니다."

"그럴 거야. 난 솔직히 자네가 거기를 왜 표적으로 삼았나 했네."

"타격이 크니까요. 그리고 영향력도 크고요."

포괄 임금제로 착취하는 곳은 한둘이 아니지만, 애매한 기업들일수록 더더욱 그런 행동이 빈번하게 일어난다.

아예 큰 기업들의 경우는 도리어 포괄 임금제 자체를 적용하지 않는다.

왜냐, 구설수에 오르는 것을 싫어하기 때문이다.

다만 그 결정권이 보통 회장이 아닌 사장에게 있기 때문에 계열사에 따라서는 포괄 임금제를 적용하는 곳들이 제법 있기는 하다.

"하지만 한경연은 이야기가 다르죠."

쿠데타 이후에 굵직굵직한 기업들은 모조리 빠져나가고 애매한 기업들만 남아 있다.

가장 큰 기업의 재계 순위가 18위다.

그래도 그 정도면 한국에서 목에 힘줄 정도는 되지만, 그렇다고 해서 철저하게 법을 지키면서 운영할 정도의 규모는 또 아니다.

구설수보다는 포괄 임금제로 깎을 수 있는 돈이 더 중요한 규모.

"한두 곳이 아니겠군."

"맞습니다. 사실상 이번 공격 대상은 한경연 전부일 겁니다. 그리고 국민들은 아직까지 한경연이라는 곳에 대해 많은 착각을 하고 있죠."

"하긴, 그건 그렇지."

지금이야 힘이 빠졌다지만 몇 년 전까지만 해도 한국경제인총연합은 진짜 말 한마디에 장관 모가지가 왔다 갔다 하는 힘을 가지고 있었다.

대통령이 되면 그곳 소속의 사람들을 불러서 만찬하는 게 통과의례였고 그런 뉴스가 매년 보도되기도 했다.

하지만 지금은 아니다.

그렇다고 아예 만찬에 부르지 않는 건 아니다.

썩어도 준치라고, 한국경제인총연합에는 여전히 100대 기업이 다수 가입되어 있으니까.

"중요한 건 이제 이 문제가 점점 커질 거라는 겁니다."

노조는 비정규직 문제를 방패 삼아 현재 송정한과 대립각을 세우고 있다.

그리고 기업들은 송정한을 편들어 주고 있다.

그 상황을 해결할 방법은 기업들에 타격을 주는 것.

그리고 비정규직의 포괄 임금제 문제는 그들에게 훨씬 쓰기 좋은 무기다.

"파업을 하지는 못하지만 고발은 할 수 있으니까요."

그렇게 고발을 함으로써 기업들이 수백억을 토해 내게 할 수 있다.

노형진의 말에 송정한이 미심쩍지만 약간은 기대가 엿보이는 얼굴로 물었다.

"진짜로 토해 낼까?"

"그럴 리가요. 고발은 할 수 있습니다만, 솔직히 그건 무리죠."

왜냐하면, 처벌 규정이 없는 법이기에 이 문제는 오로지 민사로만 해결해야 한다.

그런데 비정규직이 민사소송을 거는 순간 어떻게 될까? 해직당하게 된다.

"그런데 이제 반대도 가능해지죠."

"해직당하면 그간 쌓인 돈을 토해 내라고 하라는 거 말이지?"

"맞습니다."

그리고 그 꼴을 당하면서까지 굳이 비정규직에게 포괄 임금제를 적용하고 싶어 하는 놈은 없을 거다.

"하지만 언론에서 절대로 이야기하지 않을 텐데?"

언론이 이 포괄 임금제 문제를 모를까?

그럴 리가 없다. 안다.

하지만 절대로 말하지 않는다.

왜냐하면 광고비는 노조가 아니라 기업이 주기 때문이다.

"하지만 우리에게는 인터넷이 있죠. 코리아 타임라인도 있고요. 상식적으로 이 문제를 해결함으로써 혜택을 입는 사람들이 한두 명이겠습니까?"

"엄청나겠지."

"그들이 가만히 있을까요?"

한국에서 노동자의 대부분을 차지하는 비정규직 입장에서는 그간 쌓인 불만을 터트릴 수 있는 기회다.

언성을 높일 수는 없지만 그래도 불만은 이야기할 수 있는 기회.

"아마 인터넷 여론은 완전히 노조로 넘어갈 겁니다."

그렇게 되면 아무리 언론에서 뭐라고 해도 대중의 여론이 좋아질 수가 없다.

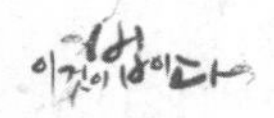

이제 대중을 언론만으로 지배하던 시대는 지났으니까.

언론에서 작정하고 특정 세력을 밀어주거나 특정 세력을 악으로 규정하는 행위가 먹히는 시대였다면, 송정한은 절대로 대통령이 될 수 없었을 것이다.

"송 의원님의 지지율이 떨어지지 않은 건 그간 쌓아 둔 높은 지지율과 믿음 때문입니다. 그에 반해 기업이나 노조나 결국 믿음이 없는 건 마찬가지거든요."

둘 모두에게 믿음이 없는 반면 다른 누군가에게 믿음이 강하다면 그쪽을 편들어 주게 되는 것은 너무나 당연한 일.

"우리는 그들 사이에서 균형만 맞춰 주면 되는 겁니다."

"기업들에는 날벼락이 떨어지겠구만, 흐흐흐."

송정한의 얼굴에 저절로 흡족한 미소가 떠올랐다.

⚖

노형진의 말대로 개판이 되기까지는 얼마 걸리지 않았다.

물론 비정규직이라는 특성상 저항은 거의 불가능하다.

그만큼 비정규직은 보호받지 못해 왔고, 지금까지 해고된 사람들은 수백 수천 단위를 넘어 수십만에 달했다.

엄밀하게 말하면 불법 계약을 통해 지급하지 않은 야근 수당이나 추가 수당은 채권이다. 그리고 채권의 소멸시효는 3년이다.

원래 일반 채권의 경우는 10년이지만 월급이 짧은 건, 너무 오래가면 기업의 원활한 기업 활동에 방해된다고 생각했기 때문이다.

물론 3년 안에 한 번이라도 월급을 달라고 요청한다면 그때부터 다시 3년이지만.

중요한 건 3년이라는 시간 동안 한국에서 얼마나 많은 비정규직이 해고당했는지 알 수가 없다는 거다.

"더군다나 코델09바이러스 시국이니까."

무려 3년.

그 시기는 코델09바이러스로 전 국민이 고통받던 때였다.

기업들도 몸집을 줄이기 위해 닥치는 대로 사람들을 잘랐고, 그래서 다들 먹고살기 힘들어서 고통에 몸부림치는 시기이기도 했다.

"족히 수십만 명일 걸세. 그런데 노 변호사, 이번 사건은 우리 쪽으로 가져오지 않은 게 이상하군. 자네 능력이라면 가져올 수 있지 않았나?"

노형진에게 김성식이 궁금한 듯 물었다.

수십만 명의 소송. 그 정도 사건을 왜 가져오지 않았을까 하는 의문에서였다.

"아, 그건 생각보다 실익이 없어서 그랬습니다. 그리고 애초에 우리한테 올 가능성이 높지도 않았고요."

"실익이 없고 우리한테 올 가능성도 낮았다고?"

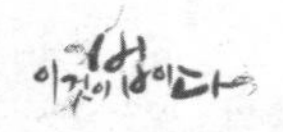

"노동계에도 자기 파벌에 속한 변호사들이 있지 않습니까? 그들과 먼저 일하겠죠."

"하긴, 그러겠군."

김성식은 알 것 같다는 듯 고개를 끄덕거렸다.

"그리고 비정규직은 해고가 쉽죠. 그래서 착취하기도 쉽고요. 하지만 아무리 그래도 문제가 없는 건 아니거든요."

"뭔데?"

"퇴직금요."

"퇴직금? 아, 그렇군."

노동법은 정규직 여부와 별개로 1년 이상 근무하면 무조건 퇴직금을 지급하도록 하고 있다.

그래서 최근에 사람들은 1년 단위 이하로 계약서를 재작성 하든가 아니면 기업을 돌려 가면서 일하게 한다.

"소송해 봐야 배보다 배꼽이겠군."

소송비를 아무리 깎아 준다 해도 330만 원이라는 정해진 최하선이 있다.

물론 상황에 따라서는 그걸 받지 않거나 더 깎아 주는 경우도 없는 건 아니다.

그건 법에서 정해진 게 아니라 변호사회에서 결정한 거라 권고 사항이지 강제 사항은 아니기 때문이다.

"현실적으로 받게 되는 돈은 기껏해야 몇십에서 많아야 몇백일 테니……."

"네, 맞습니다."

당연하게도 그런 경우에는 변호사 비용도 나오지 않는다.

"소송을 하면 업계에 소문이 나는데, 그 결과가 수십만 원이나 수백만 원이면 터무니없죠. 그마저도 변호사들이 다 가져가면 누가 소송하겠습니까?"

그랬기에 노형진은 이번 소송을 가져오지 않은 것이다.

가져와 봐야 소송하러 찾아오는 사람이 거의 없을 테니까.

"흠, 그건 그렇군."

김성식 역시 그 부분을 생각하지 못한 듯 입맛을 다셨다.

"현실에서 법은 자존심보다 더 아래에 있습니다."

소송해서 돈을 안 받아도 좋다.

그냥 혼 좀 내 주고 싶다? 사이다를 한 사발 들이켜고 싶다?

그런 감정은 내 자식 입에 들어가는 닭 다리 하나만도 못하다는 걸 대부분의 노동자들은 안다.

그랬기에 대부분 모른 척한다.

"아마 현실적인 문제로 인해 그들이 소송까지 가지는 않을 겁니다."

갈 수가 없을 거다.

왜냐하면 그게 소문나면 다른 곳에 취업하기가 힘들어지니까.

"없었던 돈이고, 없어도 될 돈이라는 건가?"

"맞습니다."

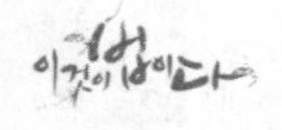

“씁쓸하군.”
김성식은 그 말에 긴 한숨을 내쉬었다.
법 위에서 잠자는 자, 보호받지 못한다.
확실히 그건 잘못된 말이 아니다.
하지만 법 위에서 잠잘 수밖에 없는 사람도 분명 존재한다.
“우리가 그 사람들에게 정규직을 제공할 수도 없는 노릇이고요.”
“하지만 소송이 없다면 방법이 없지 않나?”
“아뇨. 소송이 아예 없지는 않을 겁니다. 우리가 들어갈 만큼 많지 않을 뿐이죠.”
“무슨 말인가?”
“모든 부자가 악인이 아니듯 모든 노동자가 선인은 아니거든요.”
누군가는 자식과 가족을 위해 포기하겠지만, 누군가는 그걸 포기하지 않을 거다.
“혼자 사는 사람들 말인가?”
“아니요. 혼자 사는 사람이라 해도 그런 건 조심합니다. 하지만 악인들은 그런 걸 신경 쓰지 않죠. 자기가 피해자라고 생각하는 순간 돌변하는 인간들 말입니다.”
“아, 피해망상을 좀 가진 사람들?”
“맞습니다.”
노동 현장에서 일하다 보면 모든 사람들이 다 선량하고 올

바르며 착실하게 일하는 게 아니라는 걸 알게 된다.

누군가는 머리를 쓰고 분란을 일으키며 정치질을 한다.

그리고 누군가는 눈앞에 이득이 있다고 하면 상황도 생각하지 않고 달려든다.

“중요한 건 이슈죠, 진짜 소송이 아니라.”

이슈가 되면 욕을 먹는 건 기업이다.

소송을 당할 수 있다는 가능성. 그 자체가 부담이 될 수밖에 없다.

“하긴, 그게 수십만 명이라고 하면…….”

“기업 입장에서는 심각한 문제입니다.”

백 명은 찍어 누를 수 있다.

천 명은? 조심스러워질 수밖에 없다.

그러면 만 명은?

“기업들은 난리가 나겠군.”

“맞습니다.”

가능성 그 자체만으로도 기업 입장에서는 심각한 문제다.

더군다나 가장 큰 문제는, 이건 자신들이 막을 수 없는 상대방의 무기라는 것.

노동계에 무기를 쥐여 준 이상 기업 측에서는 곤란할 수밖에 없다.

“그러니 우리는 가만히 기다리면 됩니다, 후후후.”

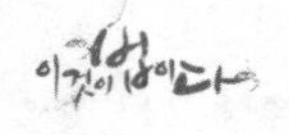

노형진의 예상대로 노동계는 자신들이 알고 있는 변호사들과 손잡고 소송하기 시작했다.

당연히 그와 관련된 극렬한 언론 플레이는 기본이었다.

"불법적인 포괄 임금제를 규탄한다! 규탄한다!"

"불법 포괄 임금제로 노동자를 착취하는 기업들은 각성하라! 각성하라!"

수백 명이 모여서 시위를 벌이는데 이슈가 안 될 수가 없었다.

물론 포괄 임금제와 연관된 당사자가 아닌 정규직들은 그다지 관심이 없었다.

하지만 포괄 임금제에는 미묘한 부분이 있었다.

대기업은 포괄 임금제를 정규직에 적용하지 않는다.

하지만 본사가 아닌 계열사라든가 IT 기업 같은 곳들은 의외로 또 포괄 임금제를 많이들 적용한다.

특히 연차가 쌓여서 월급을 많이 줘야 하는 사람에게는 그런 압박이 더 거센 편이다.

노동계는 그런 곳들을 타깃으로 하여 적극적으로 소송 및 압박을 가하기 시작했고, 그 결과 포괄 임금제가 사회 전면으로 나서면서 사람들의 관심을 끌었다.

"이게 무슨 문제인지 모르겠군요."

"상황이…… 끄응."

사시범은 당혹감을 감추지 못했다.

포괄 임금제 문제는 생각해 보지도 못했으니까.

사실 당연한 거다.

거의 모든 범죄행위에서 가해자는 그걸 범죄로 인식조차 못 하는 편이다.

특히 일상 속에 퍼진 행동을 범죄라고 인식하는 사람들은 생각보다 많지 않다.

예를 들어 학폭만 해도, 가해자들이 체포되어 들어갈 때 공통적으로 하는 말이 '장난이었다.', '그게 그렇게 큰 잘못인지 몰랐다.'이다.

사람들은 그걸 변명이라고 생각하지만 사실 그들은 변명하는 게 아니다.

그들에게 남을 괴롭히고 때리고 돈을 빼앗는 행위는 그야말로 너무도 당연한 일상이었던 것이다.

포괄 임금제도 마찬가지.

근무시간이 정해져 있는 근무 환경에서는 그게 불법이라는 걸 기업인들 모두가 알고 있지만, 일상이었기에 누구도 잘못이라고 생각하지 않는다.

결정적으로 가장 큰 문제는, 불법이기는 한데 처벌 조항이 없다는 거다.

걸려 봤자 돈 주면 끝이라는 사상, 그게 문제가 되는 거다.

그런데 그게 노동계 측의 무기로 휘둘리기 시작하자 골치 아파질 수밖에 없었다.

"비정규직 노조에서 그간 해직된 놈들을 포섭 중입니다. 소송 당사자가 벌써 1만 명이 넘어요."

"1만 명요? 아니, 그렇게 많다고요?"

"변호사만 쓰지 않으면 수익은 충분히 나니까요."

물론 여전히 계약직으로 묶여 있는 사람들은 눈치를 보면서 참가를 꺼리겠지만 코델09바이러스 시기에 많은 사람들이 실직했고, 누군가는 여전히 생활고를 겪고 있다.

이 상황에서 돈이 들어온다는데 거부할 사람은 없다.

"변호사들은 뭐라던가, 사 회장?"

"방법이 없다고 하더군요."

"방법이 없어?"

"네. 판례가 너무 확고하다고."

더군다나 아주 오래된 것도 아닌 최근 판례다.

대법원은 판례를 바꾸는 것을 극도로 싫어한다.

하물며 최근 판례를 그 당사자들이 바꾼다?

그건 절대로 불가능하다.

"그러면 우리가 돈을 토해 내야 한다 이건가?"

"일단 소송을 당하면 토해 내야 하는 건 맞는데……."

"그게 함정인 걸 모르는 건가!"

"그거야……."

이미 소송 당사자가 1만 명이 넘었다.

그런데 그 뒤에는 100만 명 이상의 피해자가 있다.

이 상황에서 기업이 소송하는 놈들에게만 돈을 준다고 하면 과연 사회적인 이미지가 어떻게 될까?

100대 기업들 대부분은 어쩔 수 없이 대중을 대상으로 거래할 수밖에 없는 기업들이다.

그런 기업들에 있어서 국민들의 불매운동은 심각한 문제다.

"우리가 무시하면, 우리 모두를 한꺼번에 불매할 수는 없지 않을까?"

누군가가 조심스럽게 의견을 냈다.

그러나 사시범은 더더욱 반대했다.

"그래서 한 곳을 불매운동해서 망하게 하고 나면 그다음 화살은 어디로 향할 것 같습니까? 노조 새끼들이 이미 방법을 알았는데 그대로 물러날 것 같습니까?"

"그건…… 그렇군."

'미친 새끼. 누구보고 뒈지라는 거야?'

사시범이 그의 말에 극렬하게 화를 낸 이유는 간단했다.

현재 한국경제인총연합의 대표는 사시범이다.

그러니 만일 불매운동이 시작된다면 제1 타깃은 다름 아닌 사시범이 된다.

가장 먼저 망하게 생긴 사시범으로서는 그 말을 용납할 수가 없었다.

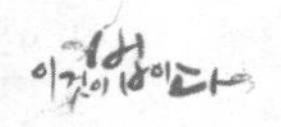

"그러면 어쩌자는 건가? 이 상황에서는 우리가 할 수 있는 게 없는데."

소송이나 압박? 그건 현실적으로 할 수가 없는 일이다.

아무리 노조 파괴 시스템이 잘되어 있고 그걸 전문으로 하는 로펌들과 손잡고 있다 해도, 법을 바꾸거나 판례를 뒤집을 수는 없다.

"가장 큰 문제는 이게 심각한 타격이 될 수도 있다는 겁니다."

"고작 그걸로 큰 타격이 되겠는가?"

그래도 그들은 별거 아닐 거라 생각했다.

언제나처럼 당하는 건 자신들이 아닌 노조일 거라고.

노조에서 뭐라고 하면 언론에 돈을 먹여서 귀족 노조니 뭐니 하면 그만이다.

그러나 그들의 그런 착각은 오래가지 않았다.

"회장님, 잠시만."

"김 비서! 내가 회장단 회의 중에는 절대 들어오지 말라고 하지 않았나!"

사시범은 자신의 비서가 예의도 없이 들어오자 눈을 찡그렸다.

그러나 비서는 왠지 분위기가 심각했다.

"당장 돌아가 보셔야 합니다."

"뭐? 왜?"

"그…… 노조 놈들이……."

귀에 뭔가를 속삭이는 김 비서.

곧 사시범의 눈이 어느 때보다 커졌다.

"뭐라고? 이 미친 새끼들이!"

"무슨 일인가?"

"그게……."

사시범은 다른 회장들의 질문에 잠깐 말을 못 하고 멈칫했다.

자신의 약점을 드러내는 게 아닐까 고민스러웠으니까.

하지만 이내 고개를 흔들었다.

이건 개인의 약점이 아니라 기업의 약점이다.

자신이 가장 먼저 알려졌을 뿐, 결국 노조가 끼어 있는 이상 저들에게서도 동일한 이야기가 나올 게 뻔했다.

"노조에서 원자재를 압류했답니다."

"뭐…… 원자재를?"

"네. 이 새끼들…… 원자재를 압류해서 공장이 멈췄답니다."

"원자재 뭐?"

"우유."

"우유?"

"네."

사시범의 말에 다들 얼굴이 노래졌다.

왜냐하면 사시범이 운영하는 게 제과 제빵 회사였기 때문이다.

우유는 변질이 빠른 제품이다.

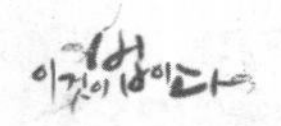

압류한 상태로 시간이 경과되면 버려야 한다.

그리고 그 우유가 담겨 있던 통은 세척하고 소독해서 써야 한다.

문제는 상한 우유라 할지라도 통에서 빼내기 위해서는 가압류를 건 놈의 동의가 필요하다는 거다.

달리 외부에 우유를 가져올 자리도 없고, 설사 가져온다 해도 보관할 곳이 없다.

우유 자체는 공장에서 차지하는 비율이 아주 낮다.

하지만 그거 하나만 빠 버리면 그 공장은 멈출 수밖에 없다.

"이…… 이런."

문제는 그게 사시범의 회사만의 일이 아니라는 거다.

대부분의 기업들은 수많은 부품이나 원재료를 모아서 하나의 완성품을 만든다.

대기업들은 그런 완제품을 팔고, 원재료의 수급은 하청에 맡긴다.

그렇다 보니 백 개의 원재료 중에 딱 한 개만 없어도 공장은 멈출 수밖에 없다.

"이거…… 노형진인가 하는 그 새끼가 쓰던 방법 아닌가? 설마…… 노형진 그 새끼가?"

"아닙니다. 이번 사건에는 노형진도, 새론도 끼어들지 않았습니다. 아마도 노조 쪽 변호사가 거기서 배워서 잔머리를 쓴 것 같습니다."

"미친."

그 말에 다들 얼굴이 사색이 되었다.

그렇다면 이곳에 있는 그 어떤 기업도 안전한 상황이 아니기 때문이다.

"저…… 저는 먼저 좀 가 보겠습니다."

깜짝 놀란 사시범은 자신이 한국경제인총연합의 대표임에도 불구하고 다급하게 회의장을 빠져나갔다.

그리고 다른 회장들 역시 서로 눈치를 보다가 하나둘 그곳을 빠져나가기 시작했다.

자신들이 사는 게 우선이었으니까.

그렇게 한국경제인총연합의 회의장은 텅 비어 버렸다.

협상의 대상

변호사는 소송을 대리해 주는 존재다.

하지만 동시에 중재해 주는 존재이기도 하다.

단순히 재판에서 이겨 주면 땡이라고 생각하는 사람도 있지만 변호사에게도 재판이란 최후의 방법이라고 봐야 한다.

왜냐하면 중재로 서로 좋게 타협하는 게 감정적으로도, 시간적으로도 이득이기 때문이다.

그래서 모든 업무에서 소송이라는 전투에 들어가기 전 중재라는 과정을 거친다.

"노 변호사 말대로네. 중재 요청이 들어왔네."

노형진을 부른 송정한은 심각한 얼굴로 말했다.

"기업 쪽에서 중재를 부탁하더군."

"그럴 겁니다. 현재 약점이 잡힌 쪽은 기업이니까요."

"용케도 숙이고 들어오는군. 귀족 노조라고 때려잡을 줄 알았는데."

"그럴 수도 없죠."

만일 소송의 당사자나 피해자가 양대 노조라면 송정한의 말대로 되었을 수도 있다.

자유 총노조나 노동자 총연맹이 노조의 탈을 쓰고 있는 권력 집단이고 다른 사람들을 인간 취급도 하지 않는 일종의 귀족인 것은 사실이니까.

"하지만 비정규직은 아니거든요."

파리 목숨. 그게 바로 비정규직의 현실이다.

귀족 노조가 되기 위해서는 기업에서 그들을 마음대로 자를 수가 없어야 한다.

하지만 비정규직의 경우는 그렇지 않으니까, 아무리 언론을 통해 귀족 노조라고 외쳐도 그에 속아 넘어가지 않는다.

"그래서 귀족 노조들이 방패 삼아 저 지랄을 하는 거죠."

자기들이 귀족이라는 사실을 감추고 방패로 삼기 위해서 말이다.

"그래, 자네 말대로 저쪽에서 협상을 요청해 왔는데 자네 생각은 어떤가? 우리가 어떻게 합의해야 할까?"

"가장 좋은 방법은 당사자를 데려다 놓고 협상하는 겁니다."

"흠, 그런데 합의가 될까?"

"될 겁니다. 의외로 노조와 기업은 서로를 잘 알거든요."

노조도 기업인들에게 어느 정도를 요구해야 하는지 잘 알고, 반대로 기업인들도 노조와 극단적으로 끝까지 싸울 수 없다는 것 정도는 안다.

그들이 극단적으로 대립하면 나라가 망하는 건 순식간이기 때문이다.

"아마 이번 사건이 정리되고 나면 노조는 당분간 포괄 임금제에 대해서는 입도 뻥끗하지 않겠죠."

"그사이에 기업인들은 포괄 임금제를 폐지하는 방향으로 가고?"

"당연하죠."

그들의 화합은 구조적으로 얼마 못 간다.

잘해 봐야 1년.

진짜 국란이 터져서 힘을 합해야 살아남을 상황이라고 해 봐야 2년 정도.

그러니 노조는 끊임없이 포괄 임금제 문제를 물고 늘어지면서 현실적인 타격을 주려고 할 거다.

"포괄 임금제는 비정규직 철폐와는 다릅니다."

"그건 그렇지."

비정규직 철폐 문제는 해결할 수도 없고, 해결할 의지도 없기 때문에 그걸로 어필하는 데에는 한계가 있다.

벌써 수십 년간 물고 늘어졌지만 여전히 비정규직 문제는 남아 있으니까.

"하지만 포괄 임금제는 다르죠."

소송을 통해 해결하기 위해 노력하는 모습을 보여 줄 수 있고, 실제로 자신들이 뭔가를 해냈다는 결과를 노동자들에게 확실하게 내밀 수 있다.

"결과가 없는 방패와 결과가 있는 방패는 다르다 이거군."

"맞습니다."

"그러면 문제는 강찬구겠군."

"그도 바보는 아니니까요."

비정규직 철폐가 목적이라지만 지금 당장은 현실적으로 불가능하다. 당연하게도 그 사실을 강찬구도 모르는 바가 아니다.

"물론 그가 강성으로 그걸 요구할 수는 있죠. 정확하게는, 그렇게 해야 합니다."

그는 물러나서는 안 된다.

그래서 그가 손해 본다고 다른 사람들이 생각해야 한다.

"그건 알고 있네. 강찬구에게도 말해 놨고. 문제는 그가 잘할 수 있느냐는 거지."

"잘할 겁니다."

노형진은 강찬구를 믿었다.

"언제나 당하던 일이니까요."

노형진은 씩 하면서 웃었다.

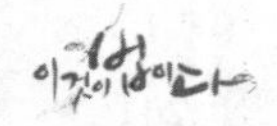

⚖

노조 측과 경제인 측은 송정한에게 중재를 요청했다.

현직 대통령인 박기훈에게 중재를 요청하지 않은 이유는 이제 박기훈의 임기가 얼마 남지 않아 사실상 죽은 권력이기 때문이기도 하지만, 이번 일에 박기훈이 전혀 아는 바가 없기 때문이었다.

그에 비해 송정한은 살아 있는, 아니 떠오르는 권력이고 중간에 끼어서 양쪽 의견을 모두 들어 온 사람인 만큼 별도의 설명을 할 필요가 없다.

"그러니까 우리의 요구는 모든 비정규직의 철폐입니다."

"그게 말이 된다고 생각하오? 그랬다가 나라가 망하면?"

"기업인들은 뭐만 하면 일단 나라가 망한다고 이야기하는군요."

"틀린 말이 아니잖소!"

"틀린 말이죠. 주 5일제 한다고 할 때도 나라가 망한다고 했고, 주 52시간제를 한다고 할 때도 나라가 망한다고 했죠. 노동법이 처음 생길 때도 그랬고."

실제로 틀린 말은 아니다.

심지어 매년 이루어지는 최저임금 상승 시기에 단 10원이라도 더 올리려 하면 나라가 망한다고 길길이 날뛰는 게 사업가들이다.

"그거랑 이게 같습니까?"

비정규직 철폐?

물론 나라가 망하지는 않을 거다. 하지만 기업 중 몇 곳은 확실하게 망하겠지.

특히 비정규직을 굴려서 뜯어먹는 중견 기업들은 100% 망할 거다.

"그런 놈들이야 망해도 어쩔 수 없죠, 자초한 건데."

실제로 틀린 말은 아니다.

애초에 남을 뜯어먹는 걸로 살아남은 놈들이니까.

"그리고 솔직히 말해서 비정규직, 아니 파견직 같은 건 기업인들이 자기들끼리 해 처먹으려고 만든 거 아닙니까?"

"누가 그래요?"

"안 그래요? 어디 한번 털어 볼까요?"

실제로 그런 경우는 많다.

회사에서 임원이 나가면 그 임원이 인력 파견 회사를 만들고, 그 인력 파견 회사 자리를 챙겨 주기 위해서 기존 직원을 자르든가 직원들을 그곳을 보내는 일이 흔하다.

그나마 직접 회사를 차리는 경우는 양심적이고, 이미 자사에 인력을 파견하고 있는 회사의 사장에게 회사를 헐값에 넘기라고 협박하기도 한다.

넘기지 않으면 파견을 종료하고 망하게 하면 그만이니까.

"비정규직 문제랑 그게 같냐고! 결국 그 사람들도 비정규

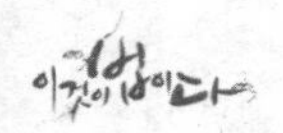

직인데!"

"그리고 그런 거라면 그냥 간단하게 정리하면 되는 거 아닙니까? 파견 회사의 비정규직이니까, 그냥 그 회사의 정규직화하면 되는 거 아닙니까?"

"그거야……."

"그걸 대기업들이 뭐라고 할 이유가 없죠."

"뭐?"

"안 그렇습니까? 사고 나면 당신들이 늘 하는 말이 그거잖아요. 우리 회사 아니다, 책임 안 진다, 우리는 상관없다."

"그거야……."

"그런데 그 회사에서 비정규직으로 쓰든 정규직으로 쓰든 무슨 상관입니까?"

그 말에 대기업 쪽은 아무 말도 하지 못했다.

그게 사실이니까.

대기업에서 파견직을 쓰는 건 책임지지 않기 위함이다.

그러니 그 회사에 파견직을 정규직으로 고용하라고 지랄하는 거에 대해 대기업이 뭐라고 할 이유도 없다.

아니, 그래서는 안 된다.

"안 그렇습니까?"

승리의 방향을 잡은 노조 측은 득의양양한 얼굴이 되었다.

"그래서, 원하는 게 뭔가?"

"모든 비정규직의 철폐."

"그런 소리 하지 말고. 우리가 바보 같아 보이나?"

수십 년간 싸워 온 사업자들이다. 그런 그들이 노조의 본성을 모를 리가 없다.

"자, 자! 너무 극렬하게 싸우지 말고 이쯤에서 적당히 타협하도록 하죠. 각자 원하는 게 있으니까 여기에 모인 거 아니겠습니까? 그러니까 우리 함께 의견을 수렴해 봅시다."

송정한이 그들 사이에 적당히 끼어들면서 말했다.

실제로 그게 목적이었고, 그래야 송정한의 치적으로 포장할 수 있기 때문이다.

"크흠, 그러니까……."

그 말에 노조 측은 눈치를 살폈다.

그렇잖아도 원하는 게 있기는 했다. 그걸 말할 기회 자체가 없었다는 게 문제였지만.

'하지만 판이 깔렸고.'

판이 깔렸고, 이제 합의만 하면 그만이다.

이제 문제는 한때 아군, 아니 도구였던 비정규직 노조의 강찬구였다.

'저 새끼를 어떻게 한다?'

강찬구는 이 조건을 당연히 받아 주지 않을 것이다.

'뭐, 그거야 한두 번도 아니고.'

이야기가 시작되면 철저하게 무시하면 된다.

그걸 알기에 박이만은 느긋하게 조건을 꺼냈다.

"그렇게나 무리라면 우리 조건을 바꾸죠. 노조 지원을 30% 늘려 주세요."

"아니, 지금도 노조에 주는 돈이 매년 수백억인데 더 달라고요?"

"물가도 오르고 시대도 바뀌었어요. 노조의 힘이 더더욱 강해져야 하는 시점입니다."

"말도 안 되는 소리 하지 말아요."

그렇잖아도 적지 않은 돈을 지원해 주는 판국에 무려 30%라니.

물론 진짜로 30%를 더 달라는 건 아니다. 누가 봐도 그건 무리한 조건이다.

'그러니까 적당히 깎아야지, 흐흐흐.'

그걸 알기에 박이만과 김태기는 일단 30%를 부른 것이다.

30%로 시작해서 10% 정도에서 협상을 타결하는 것.

그게 그들의 최종 목적이었다.

"흠, 노조 활동비를 30%나 올려 달라고요?"

"그렇습니다. 그러면 이 문제는 덮고 가죠."

그때 옆에서 듣고 있던 강찬구가 소리를 버럭 질렀다.

"이건 이야기가 다르지 않습니까!"

"뭐?"

"비정규직 철폐를 위해 같이 최선을 다하자면서요!"

"아니, 이 사람아. 세상이라는 게 그렇게 갑자기 바뀌나?"

"그러니까. 이번이 아니더라도 기회가 있을 걸세."

"그렇다고 해도 이건 아니죠!"

그럴 수밖에 없는 게, 비정규직 노조는 정식 노조로 인정받은 조직이 아니기 때문이다.

정확하게는 정부에서는 협상 대상으로 인정하고 일부 지원금도 나오지만, 기업에서는 비정규직 노조를 협상 대상으로 인정하지 않고 있다.

당연히 노조에 대한 지원금도 주지 않는다.

0%에서 30%를 늘려 봐야 결국 0%이다.

"그러면 우리 비정규직 노조는 뭘 어쩌란 말입니까?"

"자, 자! 진정하고. 다음번에 기회가 있을 거라니까."

"맞아. 자네 마음을 이해 못 하는 건 아니지만 모든 것에는 때가 있는 법이야."

박이만과 김태기는 강찬구에게 나지막하게 말했다.

그 말을 들은 강찬구는 입술을 깨물었다.

'또 이딴 식이야.'

매번 이딴 식이었다.

자신들을 방패로 이용하고 버린다.

그게 자신의 전임자도 당했던 일이고 전전임자도 당했던 일이다.

'그래, 이럴 줄 알았다.'

이미 이럴 거라 노형진에게 경고받았다.

그랬기에 분노할지언정 충격은 받지 않았다.

'누구 마음대로? 이번에는 안 된다.'

이제 와서 "한 번만 봐주세요."라고 징징거릴 수는 없다.

그래서도 안 된다.

화를 낸다 한들, 저놈들은 신경도 쓰지 않을 거다.

"나는 이런 야합에 동의 못 합니다."

"야합이라니!"

"거참, 거국적으로 보지 못하고!"

그런 강찬구를 박이만과 김태기는 어이가 없다는 듯 바라보며 타박했다.

그러자 강찬구는 그들이 보낸 시선을 그대로 되돌려주었다.

"거국적? 거국적? 이게 거국적입니까?"

"거국적이지! 비정규직을 철폐하면 나라가 망한다잖아."

어이없게도 방금 전 사시범의 말을 김태기는 그대로 읊고 있었다.

그 모습을 보며 사시범은 입가에 비웃음을 가득 담았다.

'매번 이런 식이지.'

만일 노조들이 힘을 합했다면 기업은 절대로 노조를 이기지 못했을 것이다.

하지만 노조는 절대 힘을 합하지 못한다.

왜냐, 서로 뜯어먹을 생각만 하니까.

당장 자유 총노조와 노동자 총연맹 두 곳도 양대 노총이라고 불리고 있지만 두 곳이 동시에 파업하는 일은 진짜 손에 꼽을 정도로 드물다.

양쪽의 정치적 입장이 달라서 서로를 이용해 먹을 생각만 했으니까.

양대 노총도 그런데 하물며 비정규직 따위, 저놈들이 사람으로 보겠는가?

'일단 저놈들은 나가떨어지겠고.'

언제나처럼 그렇게 될 거라고 박이만과 김태기 그리고 사시범은 생각했다.

그러나 상황은 여기서부터 달라졌다.

"강찬구 위원장, 이번 일은 단순히 비정규직 노조의 문제가 아닙니다. 나라의 경제 문제를 해결하기 위해 모인 자리예요."

"아니, 대통령 당선자님. 그래도 이건 아니죠. 저희는 비정규직 철폐를 위해 같이 싸운 겁니다. 그런데 이제 와서 돈으로 퉁친다니요!"

"돈으로 퉁치는 게 아닙니다. 현실적으로 지금 당장 없앨 수 없다는 거죠."

"그 소리를 벌써 수십 번을 들었습니다."

비정규직 노조가 생긴 이후부터 매년 들었던 이야기다.

그랬기에 강찬구는 악에 받쳤다.

연기를 해야 한다고 듣기는 했지만 이 분노는 연기가 아니

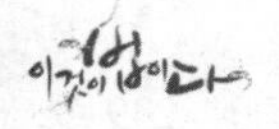

었다.

"그래서 대체 언제 해결할 건데요? 100년 후에? 1천 년 후에? 아니면 나라가 망하고 나서야?"

"아니, 뭐라는 거야."

"야! 이 새끼야! 여기가 어디라고 소리를 질러!"

강찬구가 소리를 지르자 박이만과 김태기가 마주 소리를 버럭 질렀다.

"도와 달라면서? 어떻게 해서든 비정규직 없애자면서요! 그런데 뭐요? 돈? 그것도 우리는 한 푼도 못 받는 돈?"

"거참, 좀 쥐여 주면 될 거 아니야!"

"돈이 문제가 아니잖아요!"

생존의 문제였다.

언제 잘릴지 모르는 두려움에 떠는 사람들을 위해 싸워야 하는 문제였다.

그런데 그 돈을 자신들이 받는다고 해서 그들의 입장이 나아지는가?

그럴 리가 없다.

당장 비정규직 노조의 활동비는 정부의 일부 지원을 빼고는 그런 비정규직 노조원들의 작은 월급으로 이루어져 있다.

그런데 그 돈을 받고 입을 닥치란 말인가?

"하여간 빨갱이들은 답이 없어."

그 모습을 보면서 사시범이 작게 중얼거렸다.

순간 강찬구는 분노가 치밀어 이성을 잃을 뻔했다.

'아니야. 참자. 참아야 해.'

여기서 이 이상 싸우는 건 의미가 없다.

이미 저들은 답을 내놨다. 매번 그러했듯, 자신들을 빼고 결정할 거다.

"그래서, 빠질 거야?"

비웃음 가득한 얼굴로 말하는 박이만.

빠진다고 하면 당연히 자신들이 유리해진다. 저놈 없는 자리에서 마음대로 결정하면 그만이니까.

그러나 그가 모르는 게 있었다. 아니, 애써 무시하고 있던 것이 있었다.

"비정규직 노조가 빠지면 안 되죠. 그래도 정부에서 인정받고 있는 노조인데."

"뭐라고요?"

그 말에 순간 사시범의 눈이 커졌다.

그런 사시범에게 송정한은 담담하게 말했다.

"당연한 거 아닙니까? 비정규직 노조도 결국 노조입니다. 우리나라 노동자들을 대변하는 사람들이죠."

"하지만 가입한 사람들은 얼마 안 됩니다."

"그건 자유 총노조나 노동자 총연맹도 마찬가지 아닙니까?"

그들이 아주 커서 양대 노총이라 불리는 것은 사실이다.

하지만 모든 정규직이 가입한 건 또 아니다.

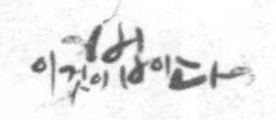

"결국 대표성이라는 건 그 직업이나 대상을 대표할 수 있는 사람이 가지는 것이지요."

송정한의 말은 참으로 원론적인 이야기였다.

"각자 대표성을 가지고 분류한다면 비정규직 노조도 충분히 대표성을 가지죠."

모든 비정규직이 가입해 있는 건 아니지만 최소한 비정규직 노조라는 존재 자체가 비정규직을 위해 일하고 있는 것은 사실이니까.

"그러니까 우리 협상에는 당연히 비정규직 노조도 있어야지요."

"네?"

그 말에 박이만과 김태기는 순간 멍해졌다.

그러다가 눈을 찡그렸다.

'씨팔, 맞다.'

맨 처음에 협상이 파투가 난 이유가 뭔가.

바로 비정규직 노조를 배제하지 않고 협상하겠다며 이야기를 진행해서 그런 것 아닌가?

그런데 지금 또 자신들이 비정규직을 배제하자고 나선다면, 과연 협상이 될까?

"그럼 협상은 여기까지 하지요."

아니나 다를까, 송정한이 먼저 선을 긋고 나섰다.

"뭐라고요? 여기까지 하자고요?"

“네. 당사자가 파투를 결정했으니까요.”

“당사자라니요?”

“당연한 거 아닙니까?”

송정한은 전혀 모르겠다는 듯 말했다.

“이번 사건의 핵심은 그거잖습니까? 비정규직 철폐와 비정규직의 포괄 임금제 문제.”

“그거야…….”

“그런데 그 당사자인 비정규직 노조에서 이제 협상할 생각이 없다는데 뭐라고 하겠습니까?”

“그건 저희 소관입니다.”

“어째서요?”

박이만의 말에 송정한은 전혀 모르는 척 물었다.

“이 문제는 비정규직 노조 소관 아닙니까?”

“아닙니다.”

“하지만 그간 양대 노조가 발표한 걸 보면 이 문제는 양대 노조의 소관이 아닌 건 확실한데요?”

그간 양대 노조는 비정규직을 같은 노동자로서 보호해야 한다, 즉 메인은 비정규직 노조이지만 자신들이 협동 또는 보조하는 개념으로 함께한다고 외쳐 왔다.

왜냐, 그래야 방패로 쓸 수 있기 때문이다.

‘노 변호사가 머리를 잘 썼다니까.’

양대 노조에서는 당연하게도 비정규직을 자신들의 노조원

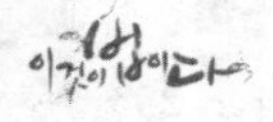

과 같은 취급을 할 수가 없다.

그랬다가는 진짜로 비정규직 문제를 해결해야 하는데, 그 행동은 자신들의 방패를 자신들의 손으로 없애는 일이기 때문이다.

더군다나 지금 대기업들에는 정규직에 의한 비정규직에 대한 극단적 차별이 사방에 퍼져 있다.

연봉 1억 3천만 원씩 받는 정규직 노조원이 연봉 3천을 받는 비정규직을 마치 노예처럼 부려 먹고 혐오한다.

비정규직을 자기네 노동자로 인정하게 되면 그 문제부터 해결해야 한다.

그런데 과연 그걸 정규직들이 인정할까?

지금 기업들이 가장 머리 아파하는 것 중 하나가 정규직 노동자가 돈은 돈대로 받으면서 자신의 업무를 비정규직에게 넘기는 문제다.

그 말은 이 문제를 해결하기 위해서는 정규직 노조원이 동일한 노동을 해야 한다는 뜻인데, 비정규직을 이용해서 편하게 놀고먹던 그들이 과연 비정규직과 정규직의 평등을 인정한 노조를 받아들일까?

그럴 리가 없다.

당연히 그들이 나서서 기존 노조위원들을 싹 다 잘라 버릴 거다.

그렇기 때문에 양대 노조는 절대로 비정규직을 자신들의

노조원으로 받아 줄 수가 없었다.

"뭐라고요?"

"지금 그러니까 이 협상의 주체가 우리가 아닌 비정규직 노조라 이겁니까?"

박이만과 김태기는 어이가 없어서 떨떠름하게 물었다.

그리고 그 말에 사시범 역시도 곤혹스러운 시선이 되었다. 그들의 전략은 양대 노조를 기반으로 하고 있기 때문이다.

"당연한 거 아닙니까?"

송정한은 그런 그들의 말에 어이가 없다는 듯 말했다.

"저는 변호사 출신입니다. 변호사는 대리권을 가질 수는 있지만 그렇다고 해서 당사자의 의견에 반해 합의하거나 할 수는 없죠."

가령 당사자가 반대하지 않은 상황에서 대리인인 변호사가 상대방과 합의하는 경우, 그와 관련해 대리권이 인정되어서 법적으로 구속력을 가진다.

그런 경우는 당사자가 나중에 가서 부정한다 해도 그 책임을 져야 하고, 그 이후의 문제는 당사자와 변호사가 알아서 해결해야 한다.

"그런데 이건 그것도 아니지 않습니까?"

양대 노조는 그저 협력하는 관계일 뿐이다.

더군다나 그와 관련해 대리권을 얻거나 한 것도 아니다.

그런데 그들이 무슨 자격으로 비정규직 노조를 대리한단

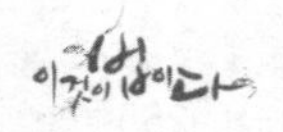

말인가?

"그리고 이건 누가 봐도 비정규직 노조의 문제 아닙니까?"

비정규직 철폐와 더불어 비정규직의 포괄 임금제 문제를 다루는 자리다.

즉, 여기서 메인은 양대 노조가 아니라 비정규직 노조일 수밖에 없다.

"그런 노조에서 싫다고 한 이상 당연히 이 자리는 의미가 없죠."

당사자가 합의 의사가 없음을 못 박았으니까.

"어어어?"

상황이 이렇게 되자 이제 일이 다 끝났다고 생각한 양대 노조의 위원장인 박이만과 김태기는 어버버거렸다.

그 모습을 보며 강찬구는 단호하게 말했다.

"오늘 합의는 없는 것 같으니까 여기까지 하죠."

그리고 눈을 부라렸다.

"내일 다른 사람을 보내겠습니다."

그 말에 남은 사람들은 아무런 말도 할 수가 없었다.

"이게 아닌데……."

"아니, 같은 노동운동자끼리 해도 해도 너무하네."

박이만과 김태기는 자신들이 한 짓은 생각도 안 하고 강찬구를 욕하면서 협상장으로 향했다.

"그래서 뭐라던가?"

"우리 측에서는 방법이 없다고 하더군. 법적으로는 송정한의 말이 맞다고."

"하긴, 우리가 그 새끼들을 방패로 썼으니."

비정규직을 방패로 써먹었고, 실제로 그 문제로 많은 비정규직이 소송 중이다.

그렇다 보니 그 권한은 엄밀하게 말하면 비정규직 노조에 있는 게 맞았다.

"환장하겠군. 우리 측에서도 협상할 만한 다른 걸 내놔야 했나?"

"그게 쉽지 않아. 자네도 알잖아."

"끄응."

사실 수십 년간 양대 노조가 비정규직을 방패로 써먹은 이유는 간단하다.

그들이 봐도 노동운동과 관련해서 요구할 게 그다지 많지 않기 때문이다.

정확하게는, 대기업에서 뜯어낼 만한 건 대부분 다 뜯어냈다.

수많은 노동자가 있고 그들은 대기업에도, 중소기업에도 있다.

그런데 중소기업은 뜯어먹을 게 없고, 대기업에서는 뜯어

낼 만큼 뜯어낸 후다.

일부 언론에서 귀족 노조라고 욕하는 게 아예 거짓인 것도 아니다.

"와이파이 사건 때 너무 욕먹어서 이 문제로 더 뭐라고 할 수도 없고."

와이파이 사건이란 대기업에서 업무 진행 문제로 사내 와이파이를 철거하기로 한 이후 발생한 일을 말한다.

노동자들이 업무시간에 와이파이를 잡아 핸드폰을 보느라고 안전사고가 자꾸 나고 조립 불량 문제도 자꾸 터지자, 회사 측에서는 와이파이를 철거하는 초강수를 뒀다.

그러자 노조는 와이파이를 사수하기 위해 총파업을 하는 등 극렬 투쟁을 했다.

그런데 생각해 보면 되게 웃긴 게, 사무직도 아니고 조립라인 현장직에 있는 사람이 그렇게 많은 데이터를 쓸 일이 없다.

컨베이어 벨트에서 업무가 끊임없이 몰려드니까.

당연히 일부 쉬는 시간을 제외하고 핸드폰을 볼 시간은 없어야 정상이다.

설사 볼 시간이 있다 해도, 돈 몇만 원만 더 내면 무제한 데이터가 제공되니 딱히 그게 문제 될 건 없었다.

수상한 정황이라 조사해 보았는데, 알고 보니 정규직이라는 작자들이 비정규직에게 아예 업무를 떠넘기고 핸드폰만

붙잡고 있었던 것.

결국 파업 때문에 와이파이 철거는 무산되었지만, 그 후로 그렇잖아도 나쁘던 양대 노조의 이미지는 더더욱 박살 났다.

"그렇다고 중소기업을 건드릴 수도 없고."

"우리가 거지야?"

중소기업에 속한 노조원이 넘쳐 나는데도 제대로 보호도 못 받지만, 이들은 관심이 없다.

그곳에서 싸워 봐야 남는 게 없으니까.

뜯어먹으려면 확실히 돈이 되는 대기업을 뜯어먹어야 한다.

"젠장, 어쩐다. 환장하겠네."

"일단 우리도 내년부터 좀 다른 방패를 만들어야겠어."

"비정규직 새끼들, 시키면 시키는 대로 아가리 닥치고 있지."

그들은 마치 자신들이 사용자인 것처럼 툴툴거리면서 오늘의 회의가 예정되어 있는 곳으로 향했다.

그리고 그곳에서 진정한 악몽을 만났다.

"노……형진 변호사?"

"잘 지내셨습니까?"

노형진은 씩 하고 웃었다.

"아니, 노 변호사님이 여기에 왜 계신 겁니까?"

"당연히 수임을 받았으니까요."

"수임?"

"네. 저는 변호사입니다."

변호사가 하는 법률적 대리에는 단순히 법적으로 싸워서 이기는 것만이 아니라 협상에서 상대방과 이야기를 나눌 권리도 포함된다.

"노조 운동입니다!"

"노조 운동이라고 해서 법적으로 하지 말라는 법은 없습니다만?"

노형진의 말에 송정한이 고개를 끄덕거렸다.

"맞습니다. 법적으로는 아무런 문제가 없죠."

'이런 개…….'

그 말에 박이만과 김태기는 이를 뿌드득 갈았다.

다른 사람도 아닌 노형진이 대리인이라면 섣불리 뭔가를 요구하거나 협상할 수는 없다.

왜냐, 그런 짓을 했는데 그게 불법이거나 또는 도를 넘는 요구라면 노형진이 압박을 가할 것이기 때문이다.

노조라는 특성상 직접적으로 압박을 가할 수야 없겠지만 언제나 방법을 찾아내는 것이 노형진 아닌가?

"이건 아니죠. 송정한 당선인 측 사람 아닙니까?"

"그렇습니다만?"

"그런데 비정규직 노조를 대변한다니요?"

그러자 송정한이 고개를 갸웃했다.

"저는 중재자일 뿐입니다."

"뭐라고요?"

“저는 중재를 부탁받은 거지 회사의 협상 대상도, 노조의 협상 대상도 아닙니다. 제 사람이라고 해도 법적으로 정한 수임을 받은 이상 제가 뭐라고 할 일이 아니죠.”

“중재라는 건 결국 사건을 해결해야 하는 입장 아닙니까?”

“뭐, 그렇습니다만.”

송정한은 단호하게 말했다.

“그렇다고 중재자가 한쪽을 편들어 줄 수는 없죠.”

“큭.”

박이만과 김태기가 이를 악무는 그때, 사시범도 곤혹스러움을 감출 수가 없었다.

‘아니, 씨팔. 뭐가 어떻게 굴러가는 거야?’

분명히 협상하기 위해 온 자리다. 그런데 여기서 왜 갑자기 노형진이 튀어나온단 말인가?

가장 껄끄러운 놈을 만난 그도 결국 떨떠름한 얼굴이 되었다.

그렇다고 해서 파투를 내고 도망갈 수도 없다.

노형진이 만든 원자재 압류 방식은 지금도 지속적으로 기업에 타격을 주고 있으니까.

“협상을 시작하죠. 다시 말씀드리자면 저희 쪽의 요구는 비정규직의 철폐입니다.”

“그럴 수는 없습니다. 현재 한국의 노동 시스템상 갑자기 비정규직이 사라지면 혼란이 극심해요. 그리고 그건 우리가 할 게 아니라 정치계에서 결정할 문제 아닙니까?”

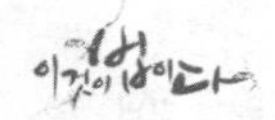

"글쎄요, 과연 그럴까요? 노동법을 모르시지는 않을 텐데요."

"그거야……."

"노동법에서는 분명 지속적인 업무에 관해서는 정규직을 쓰도록 되어 있습니다."

예를 들어 대형 공장에는 청소하는 노동자들이 있다.

그 노동자들은 거의 100% 비정규직이다.

그런데 그들이 사라지면 과연 청소는 누가 할까?

정규직 노동자가? 아니면 비정규직 노동자가?

애초에 다른 업무를 처리하기도 바빠 죽겠는데 그 커다란 공간을 청소할 시간이 있을까?

결국 다른 청소 노동자를 고용해야 한다.

그런데 법적으로는 그런 영속적인 업무를 하는 경우에는 정규직을, 하다못해 무기 계약직이라고 하는 것을 고용하도록 되어 있다.

무기 계약직이란 정규직과 비정규직의 중간 단계로, 간단하게 말해서 승진이나 연봉, 기타 혜택 등에서는 계약직과 비슷한 대우를 받지만 대신에 고용 안정성을 보장받는 대상을 뜻한다.

기업 입장에서는 어차피 비용은 똑같이 들어가고, 비정규직 입장에서는 고용의 안정성이 보장되는 일종의 타협적인 방식인 것이다.

"하지만 그것도 지키지 않는 게 대기업 아닌가요?"

"그거야…… 우리 소관도 아니고."

"아, 그렇군요."

그 말에 노형진은 고개를 끄덕거렸다.

'내가 그 말을 모르겠니?'

안다.

그런 곳에서 일하는 사람들은 거의 100% 파견직을 쓴다. 왜냐, 이 무기 계약직 조항을 피하기 위해서다.

사실 기업 입장에서는 1년 이하 단기 계약직을 쓰나 무기 계약직을 쓰나 나가는 돈은 똑같다.

하지만 직접 고용하면 중간에서 제대로 해 처먹을 수가 없다.

기업 입장에서야 똑같이 250만 원이 나가도, 파견 기업 입장에서는 250만 원 받고 그 후에 한 사람당 20%인 50만 원씩만 떼도 백 명이면 5천만 원이다.

실제로 그런 식으로 소위 이사니 뭐니 하는 놈들이 퇴직 후 돈을 벌기 때문에 무기 계약직을 승인해 줄 수가 없는 거다.

"그러면 어쩔 수 없지요."

노형진은 시선을 돌렸다.

"여기서 끝내야지."

"끝낸다고?"

그러자 노형진이 전혀 모르겠다는 얼굴로 물었다.

"본인 스스로 말씀하셨잖습니까? 당사자가 아니시라고요. 그런데 왜 오셨어요?"

"뭐요?"

"송 의원님, 아니 송정한 당선자님. 이건 심각한 문제입니다. 파견사를 대리할 수도 없는 사람이 합의하면 파견사들이 가만히 있겠습니까?"

"흠…… 그렇군."

그 말에 송정한은 천연덕스럽게 말했다.

"그런 경우는 구속력도 없고 법적으로도 문제가 되지."

파견 회사 입장에서는 아무리 자신들이 직원을 보내는 대기업이라 해도 그들이 자신들을 대리한다고 생각하지는 않을 거다.

"파견이 왜……."

이 상황이, 박이만은 이해가 가지 않았다.

그러자 노형진은 아주 담담하게 말했다.

"방금 말씀드렸다시피 노동법상 지속적이고 영속적인 업무의 경우는 정규직, 아니면 무기 계약직으로 계약하도록 되어 있습니다."

"그래서요?"

"그러면 파견사에서 파견을 보내는 행위의 성질은 어떤 겁니까?"

"네?"

"지속적이고 영속적인 업무잖습니까?"

"그러니까 그건 저희 소관이 아니라니까요."

사시범은 순간 이해하지 못하고 노형진의 말을 끊었다.

그러자 노형진은 그의 오해를 정정해 줬다.

“네, 청소 인력 등을 파견하는 건 그 회사와 계약한 거니까 그 회사에서 누구를 보내든 법적으로 아무 의미도 없죠.”

“잘 아시네요.”

“그런데 그 회사는 어찌 되었건 파견 회사 아닙니까?”

“그렇죠.”

“그러면 이런 거죠. 지속적이고 또 영속적으로 파견이라는 업무를 계속한다면 당연히 그 업무를 하고 있는 노동자는 그 회사의 정규직 또는 무기 계약직이 되어야 한다는 거죠.”

예를 들어 A라는 회사에 B라는 회사가 파견을 보내고 있다면 그 노동자는 법적으로 A라는 회사의 정규직이 될 수는 없다. 왜냐하면 소속 자체가 다르니까.

하지만 법적으로 B사에는 정규직화 또는 무기 계약직화를 요구할 수 있다.

왜냐하면 B사에서 지속적으로 파견이라는 업무를 하고 있으니까.

“네?”

“파견 이후에 이루어지는 업무와는 별도로, 소속 회사에서의 업무는 언제나 파견이라는 겁니다.”

파견된 A사에서 화장실을 청소하든 기계를 컨트롤하든 그건 현지에서 결정될 일이고, B사에서 부여한 업무는 ‘파견’뿐이라는 것.

"그런데 방금 말씀하셨다시피 지금 그 회사에 대한 책임도, 권한도 없지 않습니까?"

파견에 관해서는 자기들의 책임이 없다, 그게 대기업의 논조였다.

이를 반대로 말하면 파견직에 대해서는 말을 할 수가 없다는 것.

"하지만 이번 문제는 비정규직의 포괄 임금제 폐지 아닙니까!"

그 말에 다급하게 사시범은 목소리를 높였다.

"애초에 비정규직 철폐 문제는 지금 상황에서 주요한 건도 아니고……!"

"아니죠. 애초에 노조 측의 주장은 두 가지입니다. 첫 번째가 비정규직의 철폐, 둘째가 포괄 임금제의 폐지."

물론 방패라고는 해도 그건 사실이다.

그리고 현재 기업에 타격을 주는 것은 비정규직 문제가 아니라 포괄 임금제다.

왜냐하면 그로 인해 압류 등 온갖 더러운 상황에 처했기 때문이다.

"아, 그 문제도 있기는 하죠."

노형진은 고개를 끄덕거렸다.

"아까도 말씀드렸다시피 법적으로 포괄 임금제 대상이 아니라면 그냥 법에서 정한 대로 임금을 주시면 됩니다."

"아니, 그게 현실적으로 안 된다니까요!"

"어째서요?"

"그 비용은 뭐, 하늘에서 내려 줍니까?"

"비용의 문제가 아니라 법의 문제입니다만?"

"하지만 폭발적으로 늘어나는 경비 문제가 있지 않습니까?"

"그 정도는 직고용으로 바꾸면 해결될 텐데요?"

실제로 틀린 말은 아니다.

파견이랍시고 이름 올리고 수천만 원씩 뜯어내는 놈들이 한둘이 아니니까.

'경비가 너무 크게 나간다? 개소리지.'

사실 기업을 뜯어보면 경비를 아낄 수 있는 곳은 널리고 널렸다.

원자재를 싸구려로 쓰고 대금을 어음으로 결제하지 않아도, 기업 입장에서 아낄 수 있는 건 많다.

하지만 대부분의 기업들은 그 돈을 아낄 생각을 하지 않는다.

왜냐, 그렇게 해야 자신들이 해 처먹을 수 있으니까.

이사가, 그리고 회사 내부의 사람들이 퇴직한 후에 뭐라도 해 처먹으려면 그게 제일 편하니까.

당장 파견만 해도 그렇다.

임원이 나가서 파견 회사 하나 차리면 그 임원이 먹는 돈이 수천만 원이다.

하지만 직고용으로 바꾸면 그 돈을 아낄 수 있다.

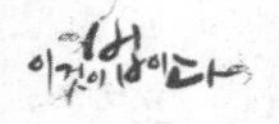

책임 문제?

이 과정에서 절약된 수천만 원을 비상시 배상금으로 써도 되고 그냥 보험금을 빵빵하게 내도 된다.

수천만 원씩 보험금을 내면 비상시 나오는 보험료는 수억 단위니까.

즉, 회사 입장에서는 손해 볼 게 전혀 없다는 소리다.

아끼는 방법을 모르는 게 아니라 대부분 그 방법을 쓰지 않는 것이다.

'대룡이 왜 그렇게 폭발적으로 성장했는지에 대해서는 분석을 하지 않지.'

대룡은 전자를 일으키면서 연봉으로 1억씩 주는 대신에 그 돈으로 지역을 만들어 그곳에서 노동자들을 양성했다.

그들을 착취하는 게 아니다. 그들이 살 수 있는 환경을 만든 것이다.

집을 만들고 공장을 만들자 그곳에 가게가 생기고 영화관이 생기고 자연스럽게 마을이 만들어졌다.

학업 문제?

애초에 대룡 직원들의 자녀들이 다니는 학교를 만드는 건 어려운 일이 아니었다.

처음에는 기존에 있던 학교를 이용했지만 지금은 아예 별도의 학교를 만들어서 주변의 학생들을 흡수했다.

그 돈이 어디서 나왔겠는가?

중간에서 해 처먹는 놈들을 때려잡아 만들었다.

자기 집안사람이라 해도, 유민택은 칼날을 들이밀었다.

대룡은 처음에는 가문의 기업으로 시작되었을지언정 성장을 위해서는 가문이라는 틀에서 벗어나야 했으니까.

그리고 대룡은 그렇게 함으로써 성장하는 데 성공했다.

'그런데 너희는 하지 않은 거잖아.'

켕기는 게 많아서 입 닥치게 해야 하니까 매달 수천만 원씩 챙길 수 있는 자리를 줄 수밖에 없었다.

상식적으로 외부 파견 근무자라는 이유로 매년 연봉을 20%씩 까이는 사람들이, 무기 계약직으로 본사 직고용한다고 하면 거절할까?

"돈을 아낄 걱정을 하는 건 기업으로서는 당연히 해야 하는 일입니다만, 그래도 법은 지켜야지요."

"기업의 미래를 위해 그러는 거 아닙니까!"

"물론 기업의 미래를 위해서 할 수 있는 건 해야지요. 하지만."

노형진은 그렇게 말하면서 송정한을 바라보았다. 그리고 조용히 말했다.

"지금 그걸 요구하는 건 정부를 대상으로 불법을 저지르라 종용하는 거라는 거, 아시죠?"

"네?"

"그렇지 않습니까? 지금 벌어지는 상황은 말입니다, 불법

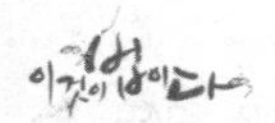

적인 상황입니다."

그간 법을 불법적으로 이용해 온 것이 사업자 측이고 당연히 그걸 고소하는 건 피해자들의 권리다.

그런데 그걸 정부가 막아라?

'물론 전이라면 막아 줬겠지.'

그런다고 해서 자신들에게 피해가 오는 것도 아니고, 정부에서 한마디만 하면 이다음에 문제 될 게 없다.

'하지만 그건 쉬운 게 아니거든.'

노형진은 힐끔 박이만과 김태기를 눈짓으로 가리키면서 조심스럽게 말했다.

"아무리 다급해도 사업자 입장에서 노조위원장들을 앞에 두고 헌법을 위반하라고 하는 건 무리지 싶습니다만?"

"허…… 헌법이라니요?"

"대한민국은 삼권분립이 기본입니다."

대통령이라는 존재는 행정권을 가진 정부의 수장이지 사법권을 가진 수장이 아니다.

사법권은 아무리 대통령이라 해도 절대로 무시 못 한다.

'현실에서야 일개 노조위원장도 전화 한 통으로 판결을 뒤집어 버리는 게 어려운 일이 아니지만.'

이권만 쥐여 준다면 노조위원장이든 국회의원이든, 아니 동네 이장이라도 판사를 룸살롱에 데려가 접대하면서 돈을 쥐여 줄 수 있고, 그 돈이면 판결을 뒤집는 건 일도 아니다.

하지만 그건 어디까지나 사회적으로, 일반적으로 인정되지 않는 행위를 은밀하게 하는 것이다.

노동계 앞에서 대놓고 헌법을 위반할 수는 없다.

'물론 저치들은 모르겠지만.'

사실 여기서 어떤 합의를 하든 노동계는 그게 헌법위반인지 뭔지도 몰랐을 거다.

'하지만 내가 말하면 이야기가 달라지지.'

노형진이 헌법위반이라고 한 이상 그들은 이 합의가 헌법위반이라고 생각할 테고, 그러면 나가서 이걸 물고 늘어질 거다.

'그러니 너도 퇴로가 없겠지.'

아니나 다를까, 아직도 뭔 소리인지 모르는 박이만과 김태기와 다르게 사시범은 똥 씹은 얼굴을 하고 있었다.

'속으로는 뭔 병신 짓이냐 싶겠지.'

그의 입장에서는 자폭이니까.

하지만 이렇게 함으로써 송정한은 최소한 박이만과 김태기 앞에서 헌법을 위반하는 행동을 하지 못하게 되었다.

"그건 맞습니다. 우리가 해 줄 수 있는 건 정책적인 조언 수준이고, 추후 정책을 개별적으로 구성하기 위한 방법 정도입니다. 아무리 내가 행정부의 수반이지만 사법부의 사법권을 감 놔라 배 놔라 할 수는 없습니다."

심지어 송정한조차도 단호하게 선을 그어 버리자 사시범

은 떨떠름한 얼굴이 되었다.

"그러면 어떻게 해야 할까요?"

"가장 좋은 방법은 포괄 임금제를 쓰지 않는 거죠. 계약서대로 근로 수당을 지급하는 겁니다."

"……."

"뭐, 거절하신다면 이쯤에서 파투를 내야 하고요."

"끄응."

사실 경제인총연합 소속쯤 되면 포괄 임금제 좀 운영하지 않는다고 기업이 망하지는 않는다.

그러나 그 하청 회사들은 90% 이상이 포괄 임금제로 노동력을 착취하는 구조로 굴러간다.

당연히 대기업들은 그걸 믿고 악착같이 단가를 후려쳐 왔다.

그런데 여기서 포괄 임금제를 불법이라고 인정해 버리면 하청에 그걸 강요하지 못하게 되고, 그 결과 단가 하락도 요구할 수 없다.

인건비가 올라가니까.

'일부는 망할지도 모르지.'

확실히 어쩌면 일부 기업들은 단가 하락으로 인해 망할지도 모른다.

'하지만 애초에 그런 식으로 보면 끝도 없지.'

기존에 A라는 하청 회사가 있어도, B라는 이사가 나가서 하청 회사를 차린 후 포괄 임금제로 더 후려쳐서 일을 따 오는 게 현실.

그렇게 되면 A사는 이러나저러나 망할 수밖에 없다.

그렇다고 A사가 무조건 월급을 낮춰서 줄 수도 없는 노릇.

"물론 포괄 임금제와 관련해서 처벌 규정을 만드는 건 저희 요구이기도 합니다만."

"포괄 임금제와 관련해서 처벌 규정을 만든다고요?"

"네. 그래야 매번 귀찮게 원자재를 압류하지 않죠."

하청 회사의 원자재가 압류당하면 하청을 준 대기업 역시 공장이 멈춘다.

그리고 그런 경우 원청회사 입장에서는 더 이상 그곳을 쓸 수가 없다.

언제 공장이 멈출지 모르는, 포괄 임금제를 쓰는 기업들을 뭘 믿고 쓴단 말인가?

'거기다가 처벌 규정까지 만들어 버리면.'

사실상 단가 후려치기로 뜯어먹는 게 쉽지는 않을 거다.

"뭐, 관련된 대리권을 가지고 오신다면야……."

노형진은 어깨를 으쓱하며 말했다.

"저희가 합의나 협상을 해 드릴 수 있지만, 사시범 씨는 현재 한국경제인총연합의 대표이시지 않습니까?"

아무리 크게 봐도 그 기업들에 관련된 정보 제공권이나 그들과의 합의권만 가지고 있을 뿐, 다른 기업들이 이들을 따를 이유가 없다.

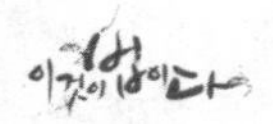

"더군다나 한국경제인총연합은 대룡을 비롯한 주요 거대 기업들이 빠진 상태라……."

즉, 대표성이 떨어진다는 소리였다.

그리고 그런 경우 여기서 파투가 나면…….

'우리가 죽겠군.'

철저하게 개별적인 합의 관계를 이루어야 하고 소송도 터치하지 않게 되면, 자신들의 원자재 압류 건의 해소는 계속 차일피일 미뤄질 거다.

물론 회사 당사자들이 합의하는 게 불가능한 건 아니다.

실제로 포괄 임금제 문제는 처벌 규정이 없기에 민사적으로 돈만 돌려주면 끝나니까.

'하지만 하청 업체들은…….'

하청 업체가 멈추면 원청도 멈추는 건 당연한 일.

거기다가 지금 이 자리에 있는 노형진도 문제다.

그는 대기업에 대한 두려움이 전혀 없는, 아니 원한다면 대기업도 날려 버릴 만한 힘을 가진 변호사.

"그러면 저희 측이라도 포괄 임금제를 불법으로 규정하도록 하죠."

"애초에 포괄 임금제는 불법입니다. 여기서는 포괄 임금제를 '포기'한다는 게 맞는 표현이지요."

그렇게 말하며 노형진은 싱글벙글 웃었다.

"끄응."

"뭐, 비정규직 문제는 그 후에 이야기하도록 하지요."

사실 이번 협상에서 포괄 임금제를 포기시키는 것만으로도 충분히 필요한 소득을 얻은 거였다.

"자, 그러면 자세한 이야기를 해 볼까요?"

"그…… 저기, 우리는?"

뭔가 이상한 낌새를 느낀 박이만과 김태기가 다급하게 물었다.

메인은 자신들이어야 했다.

그런데 노형진의 말을 듣다 보니 어느 순간부터 아무 말도 못 했다.

"아, 맞다. 노조 지원금을 30% 올려 달라고 하셨죠?"

"그거야 당연히……."

"사시범 씨는 어떻게 생각하십니까?"

"저한테 묻는 겁니까?"

사시범이 어이가 없다는 듯 되물었다.

지금 노조 측 변호사는 노형진이니까.

하지만 노형진은 당연하다는 듯 말했다.

"제가 뭐라고 할 수는 없죠. 저는 비정규직 노조의 변호사이지 자유 총노조나 노동자 총연맹의 변호사가 아니니까요. 누차 말씀드렸잖습니까? 위임장도 받지 않은 일에 대해 의견을 낼 수는 없다고요."

노형진은 여전히 싱글벙글 웃으면서 말했다.

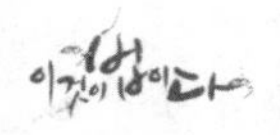

그리고 그 말에 박이만과 김태기는 똥 씹은 얼굴이 되었고, 사시범의 눈은 갑자기 희번덕거리면서 빛났다.

⚖

"결국 합의를 이루었네요."

"이제 양대 노조에서 자네라면 이를 갈겠군."

"그러겠죠. 하지만 이렇게 되길 원하지 않았다면 최소한 비정규직 노조를 데려가려고 했어야지요."

그랬다면 강찬구가 노형진을 선임하지도 않았을 테고, 박이만과 김태기는 거기에 묻어 갈 수 있었을 거다.

"하지만 별개의 변호사를 선임한 후부터는 이야기가 달라지죠."

가장 강력한 방패인 비정규직 철폐와 포괄 임금제의 폐지에 대한 권한이 비정규직 노조로 넘어갔다.

당연하게도 두 노조에는 당장 한국경제인총연합을 제압할 만한 무기가 없다.

그간 주장한 게 있기 때문에 그걸로 자신들의 파업을 이어가거나 할 수는 없으니까.

"그리고 기업의 특성상 상대방에게 무기도 없는데 먼저 뭔가를 내줄 리도 없고."

"맞습니다."

그래서 박이만과 김태기가 아무 말 못 하고 그냥 물러날 수밖에 없었던 것이다.

"내년부터는 비정규직 노조의 입김이 좀 세지겠군."

"양대 노조는 그게 끔찍하게 싫겠지만, 어쩌겠습니까?"

송정한은 법과 원칙에 따라 정해진 방향으로 협상했다.

그간 우기기와 협박으로 협상을 하던 놈들 입장에서는 날벼락이 따로 없었다.

"그치들이 뭐라고 안 하던가요?"

"당연히 뭐라고 하지. 하지만 그놈들이 뭔 소리를 하든 내가 눈이나 꿈쩍하겠는가?"

"하긴, 그렇죠."

송정한의 지지율은 압도적이다.

특히 이번에 비정규직의 포괄 임금제 문제를 해결하면서 그렇잖아도 높은 지지율이 더더욱 높아졌다.

양대 노조 입장에서는 자기들의 주장이 새어 나갈까 봐 전전긍긍하며 입을 꾹 닫고 있을 수밖에 없었다.

상식적으로 그렇잖아도 기업에서 노조에 주는 돈이 적지 않은데 그걸 무려 30%나 더 달라고 했으니까.

그런데 심지어 그 과정에서 같은 노조이자 동료였던 비정규직 노조를 팽한 것도 있었다.

이 사실이 소문나면 더더욱 이미지가 안 좋아지기에 그들은 조용히 입을 다물었다.

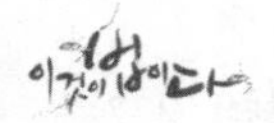

기업의 경우는 무려 헌법을 어겨 달라고 대통령 당선인에게 요구한 셈이라 뭐라 할 수 없었고 말이다.

결과적으로 송정한이 원하는 대로 깔끔하게 사건이 정리되고 노조 측도, 기업 측도 더는 불만을 말할 수 없게 된 것.

"그래서 자네 사건은 어떻게 되어 가나?"

"다행히 지난번에 말한 대로 저쪽에 소송할 때 같이 들어가서 가산을 압류했습니다. 무난하게 받아 낼 수 있을 겁니다."

애초에 이우강은 소송을 하는 일이 있어도 그 돈을 찾으려고 했기에 집단소송에 끼어드는 것은 어려운 일이 아니었다.

"덕분에 임기가 시작되기도 전에 지지율이 더더욱 올라가겠어."

"그래야 할 겁니다. 아시겠지만 러시아와 우크라이나 전쟁이 심상치 않습니다."

"하긴, 아레스 밀리터리 그룹도 확실히 애매하다면서?"

"어찌 되었건 민간 군사 기업이니까요."

민간 군사 기업이라 돈을 받고 그 전쟁에 끼어들고는 있지만 황당하게도 그랬기에 한계가 명확했다.

다른 나라들처럼 막대한 돈을 들일 수도, 그렇다고 사람을 갈아 넣을 수도 없으니까.

"러시아 쪽 민간 군사 기업도 위험하고요."

"레드그룹이라고 했던가?"

"네. 충실한 공산주의자들이자 구소련의 복고를 꿈꾸는

놈들이죠."

"시대가 얼마나 지났는데."

"체르덴코가 벌써 수십 년 전부터 주장해 왔던 거니까요."

다만 사람들은 그게 그저 국제적 위상을 의미한다고 생각했고, 체르덴코는 국제적 위상뿐만 아니라 영토까지 포함해서 생각한 것이 차이였을 뿐이다.

"우크라이나가 형편없이 밀리는 모양이던데."

"아직은 무력을 보존하는 단계니까요."

실제로 겉으로 보기에는 러시아가 느리지만 확실하게 전진하는 것 같다.

노형진 때문에 전진 속도가 훨씬 느려지긴 했지만 말이다.

'하지만 현실은 아니지.'

러시아가 잘해서 전진하는 게 아니라 공세 종말점, 즉 공격하는 쪽의 칼날이 무너지는 상황에서 반격하는 게 군사적으로는 상식이기 때문이다.

실제로 우크라이나는 다급하게 징집하면서도 그 사람들을 전선에 투입하기 이전에 모처에서 전문적인 훈련을 시키고 있다.

"그렇다면 자네가 사건을 하나 더 할 시간이 있겠군."

"또요? 아니, 임기가 시작될 시점 아닙니까?"

"그렇지. 하지만 내가 뭐라고 할 수 있는 사건이 아니야. 임기가 시작되면 더더욱 그렇겠지."

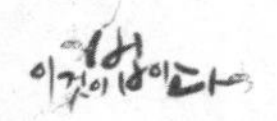

"작은 사건이 아닌 것 같은데요. 무슨 사건입니까?"
노형진은 고개를 갸웃했다.
"하이디라네."
"하이디라면 유제품 회사 아닙니까? 거기, 이번에 폐업한다고 하던?"
"그래, 맞아."
"그건 송 대표님이 신경 쓸 일이 아닌 것 같은데요?"
기업이 폐업하는 건 흔한 일이다.
영원한 것은 없고, 한때 손에 꼽히던 기업들도 넘어가는 게 시장이다.
성화가 그렇게 망할 줄 누가 알았겠는가?
사실 성화와 대룡 사이에 싸움이 났을 때만 해도 대룡이 망하면 망했지 성화가 망할 거라고는 누구도 생각하지 않았다.
"더군다나 하이디는…… 좀."
"아는 게 있나?"
"투자자로서는 잘 모릅니다."
수많은 곳에 투자한 노형진이지만 하이디는 잘 모른다.
왜냐하면 거기에는 투자를 하지 않았으니까.
사실 당연하다.
"하지만 소비자로서 말씀드리자면 거기는 망해도 이상할 게 없습니다."
"어째서?"

"맛이 없거든요."

"맛이 없어?"

"네, 진짜요."

유제품의 맛은 비슷비슷하다.

하지만 하이디의 유제품은 그중에서도 유독 맛이 없다.

뭐랄까, 물을 탄 듯 맹숭맹숭하다고 할까?

실제로 하이디에서 가장 매출이 높은 건 기타 유제품이다.

진짜 우유가 아니라 전지분유로 유제품 비슷한 걸 만들어 파는 곳이 바로 하이디다.

우유가 아예 없는 건 아니지만 그 비율은 진짜 낮다.

"말이 유제품 회사지 그냥 우유 비슷한 걸 유통하는 곳입니다. 법적으로는 말이죠."

법적으로 유제품과 기타 유제품의 차이는 엄청나다.

유제품의 경우는 순수하게 우유로 만들어야 한다.

그리고 한국에서 그런 우유는 목장에서 받아서 만든다.

그런데 하이디는 그런 우유를 받는 계약 농장이 거의 없다.

그 대신에 소위 전지분유라고 하는 기타 유제품, 즉 분말화된 우유를 물에 타서 온갖 유제품을 만든다.

그래서 순수하게 하얀 우유가 아니라 이런저런 혼합 유제품이 주력이고 말이다.

"맛이 있는 것도 아니고 제대로 영업하는 곳도 아니고요."

"알고 있네. 엄밀하게 말하면 내가 거기에 신경 쓸 일이 없기는 하지."

"그런데요?"

"그런데 이게 아무리 봐도 노조와 관련해서 하는 일종의 블러핑 같아서 말이야."

"블러핑요?"

"그래, 익명의 제보야. 애초에 거기는 기업을 폐업할 이유가 없어."

"어째서요?"

"폐업하면 오너 일가가 감옥에 갈 상황이거든."

"네?"

"얼마 전에 유상증자도 했고 빚도 엄청 많고, 결정적으로 내지 않은 세금이 엄청 남아 있다네."

그런데 만일 폐업하게 되면 그걸 싹 다 정리해야 한다.

일단 얼마 전에 한 유상증자 건에 대해서는 일종의 사기가 성립되고, 빚도 사기가 될 가능성이 크고, 결정적으로 세금을 내지 않았으니 탈세로 분류될 가능성이 크다.

"흠."

"자네도 알지 않나? 한국에서 기업의 오너는 최고 존엄이라네."

"그렇죠."

한국에서 기업의 회장을 감옥에 보낸다? 그런 일은 있을 수 없다.

회사가 망하는 순간까지 돈을 빼돌린 끝에 해외로 내빼면 모를까, 순진하게 회사가 망한 뒤에 모든 책임을 지고 감옥에 가는 회장은 존재하지 않는다.

"극히 일부 중소기업에서는 그런 일이 있을지도 모르지만 대기업은 절대 그러지 않지. 더군다나 하이디는, 알지 않나?"

"대기업 계열사였죠."

정확하게는 재벌가의 분쟁에서 밀린 인간에게 '옜다, 먹고 떨어져라.'라는 느낌으로 쥐여 준 회사가 하이디다.

즉, 최소한 현재 대표는 재벌가의 핏줄이라는 거다.

그런데 그렇게 형편없이 밀린 놈이 이렇게 책임감이 강할까? 그럴 리가 없다.

"흠……."

노형진은 이상함을 느끼고 고개를 끄덕거렸다.

"만일 수를 쓰는 거라면 우리가 알아야 하네."

"알겠습니다. 제가 한번 알아보도록 하겠습니다."

블러핑

“하이디라는 곳은 그다지 좋은 기업이 아니군요.”

고문학은 조사 결과를 가져왔다. 그러고는 그걸 노형진과 김성식에게 넘기며 말했다.

“일단 그나마 몇 되지도 않는 농장에는 어음으로 대금을 치릅니다. 가장 큰 문제는 그게 무려 6개월짜리라는 거죠.”

“6개월요?”

“네.”

“황당하군요.”

어음은 기업 간 거래에서 흔히 사용되는 물건이다. 그래서 그걸 쓴다고 뭐라고 할 수는 없다.

당장 대룡만 해도 어음으로 대금을 치르는 경우가 없지 않으니까.

"하지만 농장을 대상으로 6개월짜리 어음이라……."

당연하게도 어음은 그걸 받는 사람에게 극도의 부담을 준다.

왜냐하면 실제로 돈이 들어오는 건 그 기간 후니까.

예를 들어 어음이 6개월짜리라면 그걸 받은 상대는 6개월이 지난 후에야 돈을 받을 수 있다는 소리다.

이는 즉, 6개월간 그 돈 없이 버텨야 한다는 소리이기도 했다.

"농장이 6개월간 돈을 받지 않고 버티는 게 가능해?"

서류를 넘겨받은 서세영이 고개를 갸웃하면서 물었다.

그녀는 그런 것에 대해서는 잘 모르니까.

어음이 뭔지, 어떤 구조로 돌아가는지 모르는 건 아니다.

하지만 이게 실무의 영역에서 정상인지는 잘 모르는 것이다.

"당연히 불가능하지. 소는 뭐, 땅 파먹고 사냐? 요즘 소들이 다 건초나 사료를 먹지, 누가 방목지에서 풀을 뜯게 해?"

그런 곳이 아예 없는 건 아니지만 진짜 대기업 산하의 목장들뿐이다.

그리고 그런 목장들은 생산한 우유를 본사로 보내지 외부에 팔지는 않는다.

"더군다나 하이디는 그런 목장을 운영할 급도 아니야."

"노 변호사님 말씀이 맞습니다. 어음을 쓰는 유제품 회사가 한두 곳이 아니지만 6개월은 선을 넘은 짓입니다."

수많은 유제품 회사가 어음을 쓰지만 3개월을 넘겨서 주지는 않는다. 왜냐하면 농장이 버티기 위해서는 돈이 필요한데, 한국의 농장 규모야 뻔하니까.

당연히 돈도 충분하지 않다.

3개월짜리 어음도 농장 업장에서는 버거워 죽을 일인데 6개월? 사료값은 하늘에서 떨어지는 게 아니다.

"그러면 뭐야? 대출로 넘겨야 한다는 거야?"

"대출이라도 되면 그나마 다행이지. 거의 100% 어음할인 일걸."

어음할인이란 기한이 남아 있는 어음을 싼 가격에 다른 곳에 넘기는 행위를 말한다.

당연하게도 그런 회사들도 수익을 내야 하기 때문에 정상가에 사지는 않는다. 기한이 길수록, 그리고 돈을 받을 가능성이 낮을수록 가격이 더더욱 낮아진다.

예를 들어 1억짜리 어음이라면 8천만 원쯤에 사는 거다.

즉, 그걸 파는 어음의 당사자는 무려 2천만 원을 손해 봐야 한다.

물론 그게 절대적이지는 않다.

기한이 얼마 남지 않았고 지급 대상이 믿을 만한 대기업이라면 당연히 어음 가격도 높아진다.

그에 반해 기한이 길고 회사가 믿을 만한 곳이 아니라면 그 가격은 더 낮아진다.

"하이디 같은 경우는 못해도 어음할인율이 20% 이상일 겁니다."

"그렇게 높다고요? 그래도 하이디는 유명한 회사잖아요?"

고문학의 말에 서세영은 이해가 가지 않는다는 듯 고개를 갸웃했다. 그러자 노형진은 그런 서세영에게 쓰게 웃으며 말했다.

"어음 회사들은 지명도가 아니라 재정 건전성을 기준으로 판단하거든."

"아, 그래?"

"그래. 어음을 유통하는 회사들은 생각보다 정보력이 좋아. 그러지 않으면 진짜 망하는 수가 있으니까."

"그런데 하이디가 그렇게 상황이 안 좋아?"

"안 좋아."

하이디는 오랜 기간 적자에 허덕이던 기업이다.

사실상 자본의 대부분을 잠식당한 상태이고, 그나마도 얼마 전 유상증자를 통해 숨통을 돌린 상황이다.

"그리고 그 정도 정보는 딱히 비밀도 아니지. 비밀로 할 수도 없고."

분식 회계를 한 게 아니고서야 그 사실을 감추는 건 불가능하다.

"확실히 어음 업계에서 환영받는 곳은 아니라네. 거기다 3개월짜리도 아니고 6개월짜리? 그렇다면 못해도 20% 이상 깎을 게 분명하지."

"그러면 그걸 납품하는 농장은요?"

"아무래도 현실적으로 생존이 힘들겠지. 애초에 좋은 물건을 쓸 수가 없을걸."

사람들은 우유가 거기서 거기라고 생각하지만 의외로 우유란 생산하는 젖소가 뭘 먹느냐에 따라 그 품질이 달라진다.

"방송에서 괜히 툭하면 1등급 1등급 하는 게 아니라니까."

1등급 우유를 생산하기 위해서는 단순히 먹는 게 중요한 게 아니라 뭘 먹느냐가 중요하고, 또 스트레스 해소를 어떻게 하느냐도 중요하다.

예를 들어 사람도 똑같이 살아남을 수는 있지만 단백질을 먹은 사람과 먹지 않은 사람의 근육 발달의 속도는 상당히 차이 난다. 그런데 우유라고 다를까?

"실제로 하이디는 우유의 질이 좋지 않은 곳으로 소문나기도 했고."

좋은 사료를 먹여야 1등급의 좋은 우유가 나오는데 돈이 없으니 싸구려 사료를 먹일 가능성이 높아지고, 자연히 우유의 맛이 없어진다.

"그렇다면 다른 곳으로 가는 게 나을 것 같은데?"

"농장들이?"

"네."

"그게 가능하겠어? 애초에 대형 회사들과 선을 대고 싶어 하는 농장은 많다고."

당연히 거래를 트기 위해서는 엄격한 심사를 거쳐야 한다.

심사에 통과하기 위해서는 소들의 스트레스를 낮춰서 우유의 품질을 높여야 한다.

하지만 그러려면 돈이 든다. 그런데 돈이 없으니 그러지 못하고, 자연히 받아 주는 곳은 하이디뿐이고, 하이디에서 어음을 받으면 돈이 없고.

"아하! 그러면 현실적으로 더더욱 수준이 떨어질 수밖에 없다는 소리네."

"그래."

그저 망하지 않는 수준에서 유지하는 게 하이디와 계약한 농장들의 현실.

"그거 말고 다른 건 없습니까?"

"일단 농장들과 별개로 다른 문제도 많습니다. 상당수의 자체 브랜드 제품들을 만들어 내고 있습니다."

"자체 브랜드 제품?"

"네. 각 마트나 편의점 등에서 싸게 파는 물건들 말입니다."

"아, 뭘 말씀하시는지 알 것 같습니다."

물가가 올라가자 많은 유통 회사들이 가격을 낮추기 위해 자체 브랜드 상품을 만들려고 노력했다.

즉, 기존 상품의 브랜드 가치만큼 가격을 떨어트려 일단 경쟁력을 갖추고, 장기적으로는 그들의 자체 브랜드의 가치를 높이려는 시도다.

실제로 미국 대형 할인 매장의 브랜드는 그곳에서만 팔지만, 싼 가격에도 불구하고 품질이 상당히 좋아서 가성비의 대명사라고 불리며 그 브랜드 위주로 사서 쓰는 구매층도 많다.

"하지만 그게 양날의 검이긴 하죠."

노형진이 피식 웃으며 말하자 서세영이 전혀 모르겠다는 듯 물었다.

"어째서?"

"아, 반대로 말하면 브랜드 가치가 떨어진다는 의미이기도 하거든."

"브랜드 가치가 떨어진다고?"

"예를 들어 네가 자동차를 사는데 A사 자동차가 5천만 원이고 B사 자동차가 4,500만 원이야. 그런데 차가 완벽하게 똑같다면 너는 어디 차를 사겠어?"

"그거야 당연히 B사…… 아, 그러겠네."

그 원상품을 만드는 사람에게 단기적으로는 이득이 될지도 모른다. 하지만 장기적으로 보면 브랜드 자체가 싸구려가 되고 자신들의 시장을 잡아먹힌다.

"그래서 자체 브랜드의 한계가 명확한 거야."

진짜 제대로 된 상품을 파는 거대 기업에서는 아무리 유통 회사에서 자체 브랜드 상품을 공급해 달라고 해도 꺼리는 편이다.

설사 좀 만든다고 해도, 품질을 낮춘다거나 양을 줄이는 식으로 다른 제품을 만들어서 공급한다.

"유제품과 관련해서 하이디는 현재 가장 큰 자체 브랜드 제작 업체입니다."

"그러면 계약된 곳도 엄청 많겠네요."

"마트에서부터 편의점까지 거의 모든 브랜드와 계약되어 있다고 봐야 하죠. 사실상 주 수입은 거기에서 나오는 수준이니까요."

"그런데 그런 계약을 갑자기 파기하고 파투를 낸다?"

"말도 안 되는 소리."

김성식은 피식 웃으며 말했다.

"그 정도로 생각 없이 폐업할 리가 없지."

그런 납품을 하는 계약이 과연 1년, 아니면 몇 달 단위로 이루어질까?

아니다. 이미 자체 브랜드 중에서 잘나가는 상품의 경우는 몇 년 단위로 납품 계약이 되어 있다.

"그러면 그 상황에서 계약을 파기하고 폐업하려 하면 손해배상금이 절대 적지 않겠네요."

"그렇겠지."

그리고 기업의 특성상 그걸 '에이, 망했네. 그럼 어쩔 수 없지.'라고 생각하고 방치하지는 않을 거다.

악착같이 뜯어먹어서 손실을 줄이려고 하겠지.

"거기다가 그런 짓거리를 하면 재기도 불가능해."

"재기?"

"그래. 사업이 망한다고 모든 게 끝나는 건 아니거든."
어떻게 해서든 재기가 가능한 사람들이 분명 있다.
그런 사람들은 믿음을 주고 성실하게 거래에 임해서, 주변에서 '이 사람이라면 재기를 도와줘도 나중에 나와 일할 가치가 있는 사람이다.'라는 확신을 품게 해 준다.
"그런데 너 같으면 이런 식으로 뒤통수를 치고 내빼는 놈의 재기를 도와주겠어?"
"당연히 아니겠지."
서세영은 그 말을 들으면서 눈을 찡그렸다.
"그러고 보니 재벌가 출신이라고 했지?"
"그래. 파벌 싸움에서 밀렸다지만."
그런 놈이 재기도 생각하지 않고 무조건 폐업을 한다? 그럴 리가 없다.
"오너가 문제일까요?"
서세영은 고문학이 건네준 조사 자료를 읽으며 말했다.
확실하게 어느 시점을 기준으로 매출이 급락했던 것이다.
그리고 그 시점이 우연찮게도 기존의 전문 경영인이 물러나고 그 자리에 오너 일가, 즉 재벌가에서 쫓겨난 놈이 들어온 그때였다.
"그렇겠지, 아마도."
"하지만 오빠, 그래도 이해가 안 가. 적자 폭이 꾸준히 늘어나고는 있었는데?"

전문 경영인이 있던 때에도 흑자였냐고 묻는다면 그건 아니었다. 그때도 적자인 건 마찬가지였으니까.

"하지만 그 금액이 엄청나게 적지."

"확실히 그런 것 같기는 해."

정확하게는 한 해 평균 적자가 15억 정도.

아주 큰 돈이기는 하지만 하이디 같은 규모의 회사가 한순간 넘어갈 정도의 적자는 아니다.

"그런데 다다음 해에는 갑자기 매출이 확 줄었지."

"어떻게 1년 사이에 적자가 15억에서 200억으로 확 늘 수가 있는 거지? 이해가 안 가네."

서세영은 그걸 보면서 기가 막힌다는 듯 중얼거렸다.

"뻔하지. 원가절감."

"원가절감? 유제품에서?"

"그래, 유제품에서. 사람들이 잘 모르는데, 인간의 혀는 무척이나 예민해."

아주 미세한 차이도 인간의 혀는 바로 알아차린다.

"아마 오너가 가장 먼저 한 일이 원가를 절감할 방법을 찾는 거였을 거야. 15억이라고 하면 사실 원가절감만 잘하면 충분히 수습할 수 있는 수준의 마이너스니까."

"그랬겠지."

"그러면 어떤 방법을 썼겠어?"

"그러네. 재료를 싸구려로 바꿨겠네."

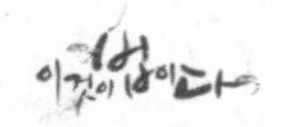

그렇잖아도 하이디는 이름과 다르게 소위 환원유라고 하는, 전지분유를 물에 탄 걸 원재료로 쓰는 곳이었다.

하지만 아예 고객층이 없는 건 아니었다. 하이디만큼 다양한 품종의 유제품을 만드는 회사는 드물기 때문이다.

"그런데 내 기억이 맞다면 그 당시에 그 문제로 한번 난리가 났었지."

"잠깐만."

인터넷으로 검색한 서세영이 고개를 끄덕거렸다.

"아, 그러네. 와, 환원유 비율이 45%에서 90%로 늘었다고? 양심 무엇?"

"그러니까."

원래 상품에서 환원유의 비율은 45%였다.

즉, 나머지 55%는, 최소한 질은 나쁘다고 해도 진짜 원유였던 것이다.

그런데 오너가 오자마자 단가 좀 떨궈 보겠다고 90%까지 그 비율을 높이는 바람에 남은 원유가 10%뿐이었던 것.

"환원유는 아무리 배합을 잘하고 기술적으로 잘 만든다고 해도 원유랑은 달라."

어쩔 수가 없다. 일단 가루로 만든 걸 물에 타는 거니까.

당연히 물 특유의 맹숭맹숭한 맛이 남을 수밖에 없다.

"원래대로라면 원유의 고소한 맛이 그걸 가려 줬겠구나."

"그래. 그런데 아무리 그래도 90%까지 비율을 높이면 감출 수가 없지."

아무리 하이디의 주력이 여러 가지 맛의 유제품이라 해도 그 맹물 특유의 맹숭맹숭한 맛을 감추는 데에는 한계가 있을 수밖에 없다.

"그리고 사람들은 그런 걸 귀신같이 알아채거든."

우유의 고소함은 생각보다 꽤 진한 편이라 단박에 알아차릴 수밖에 없다.

"실제로 뉴스를 보니까 그 당시에 알아차리는 데 얼마 안 걸렸네."

하이디에서 스스로 환원유 비율을 90%로 높였다고 홍보했을 리는 없으니 당연히 그걸 먹어 본 사람들이 귀신같이 맛이 변한 걸 알아차린 거다.

"그리고 그게 언론에 터졌고."

"그게 원인이구나."

"그래."

아무리 싸다고 해도 결국 우유라고, 가격이 싼 건 결코 아니었다. 그나마 상대적으로 싼 가격의 제품이 하이디여서 먹었던 건데 환원유가 90%라면 사람들 입장에서는 납득이 될 수가 없다.

"거기다 지금은 우유가 남아도는 상황이다 보니 대체재도 넘치거든."

한국의 우유는 상당히 많이 남는다. 그러니 남는 우유를 사다가 가루로 만든 환원유를 비싸게 팔아먹는다는 것 자체가 웃긴 일이다.

“애초에 가루로 만드는 이유는 보관 기간을 늘리기 위한 건데.”

우유는 구조적으로 오래 보관할 수가 없다.

그런데 가루로 만든 우유는 오래 보관할 수 있다.

그러니 단가가 떨어지는 게 가능한 거다.

“솔직히 말해서 환원유 90%짜리를 먹을 바에는 전지분유를 사다가 집에서 물에 타 먹는 게 더 진할걸.”

“헐.”

“그러니 아무도 안 먹지.”

가격이 미묘하게 싼 건 사실이지만 그 미묘한 차액 때문에 환원유 90%짜리를 사먹을 사람은 없다.

“그래서 매출이 급락했구나. 아니, 오너라는 놈이 그걸 몰라?”

“알겠냐? 애초에 그치들은 환원유 같은 걸 먹어 본 적도 없을걸.”

일부 부자들은 자기들이 기분 나쁘다고 백화점에서 과일을 사다 먹는다.

백화점이나 마트나 유통 라인은 결국 비슷하지만 마트에서 사는 것 자체가 서민과 같은 유통 라인을 쓰는 것 같아 기분 나쁘다는 이유에서 그러는 거다.

“아, 자기가 환원유를 먹어 본 적이 없으니 맛 차이가 있다는 사실을 모른다는 거구나.”

"그래."

물론 오너도 맛보기는 했을지도 모른다. 하지만 내심 '에이, 천한 것들이 차이를 알겠어?'라고 생각했을 거다.

"현실적으로 하이디의 주요 상품들은 가공유니까."

단맛이 잔뜩 들어간 가공유의 특성상 그 사실을 바로 알아차리는 건 쉽지 않다.

"음. 왜 갑자기 맛이 바뀌었는지, 왜 갑자기 적자로 돌아섰는지는 알겠어. 그런데 왜 갑자기 폐업을 할까?"

"회사 정리를 핑계로 인원을 감축하는 게 목적이겠지."

노형진의 말에 김성식도 고개를 끄덕거렸다.

"노 변호사 말이 맞을 거네. 정리 해고는 절대 쉬운 게 아니거든. 어찌 되었건 하이디 같은 회사는 내부에 노조가 있으니까."

노조 입장에서는 정리 해고 이야기가 나오면 무조건 반대하기에 그 협상에만 몇 달이 걸리는데, 그 후에 다시 정리 해고 대상을 고르는 것까지 감안하면 몇 달이 더 걸린다.

"그런데 폐업한다고 생각해 보게. 노조에서 어떻게 대응하겠나? 노조도 기업이 있어야 존재할 수 있다네."

그 말에 고문학 역시 고개를 끄덕거렸다.

"여기 기록을 보시면 노조에서 차라리 정리 해고를 통해 기업을 회생하자고 제의까지 했다고 하더군요."

하긴, 노조에서도 지금 상황을 모를 리는 없으니 어떻게든

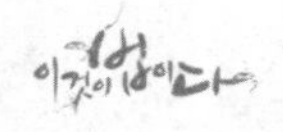

해결하고 싶을 테니까.

"블러핑이다 이거구나. 우리가 망하든가 아니면 시키는 대로 하든가."

서세영은 혀를 끌끌 차면서 말했다.

"맞아. 그런 블러핑일 가능성이 크지."

"하지만 오빠, 이건 마냥 회사 잘못이라고 보기는 그렇잖아. 회사가 살아야 노조도 노동자도 있는 건데."

"그래, 맞아. 이건 회사 잘못은 아니야."

회사에서 정리 해고를 하는 걸 막는다? 그러다가 진짜로 기업이 넘어가면? 그 노동자들은 누가 책임져 주나?

더군다나 하이디는 실제로 상당히 마이너스가 심하고 적자로 인해 자본 잠식 상태다. 이 상황에서의 정리 해고는 지극히 정상이며 법적으로도 전혀 문제가 없는 대응책이다.

"문제는 정리 해고가 아니야."

"그러면?"

"고의적으로 폐업을 유도함으로써 노동자의 입에 재갈을 물린 행위가 문제가 되는 거지."

"재갈이라……."

서세영이 곰곰이 생각에 잠겼다.

그 모습을 본 김성식이 도움을 주기 위해 입을 열었다.

"서 변호사, 생각해 보게. 다른 기업에서 그럴 때마다 기업의 폐업을 이야기하면서 노조에 부당한 요구를 하면 어떤 일이 벌어지겠나?"

"아…… 그러네요."

"부당한 노조 활동도 있고, 지난번 비정규직 문제처럼 노조라는 놈들이 돈에 혈안이 되어서 헛짓거리를 할 수도 있네. 하지만 그것과 별개로 노동자의 입에 재갈이 물린다면 그 사회가 제대로 굴러가겠는가?"

"그러면 오빠랑 김성식 대표님은 지금 이 모든 게 노조를 파괴하기 위한 하나의 수단이라고 보시는 거군요."

"맞아. 그리고 솔직히 말해서 이런 수법이 아예 처음도 아니라네."

"네?"

그 말에 서세영의 눈이 커졌다.

"처음이 아니라고요?"

"직장 폐쇄 등의 극단적인 방식으로 노조 활동을 파괴하려는 사람들이 적지 않거든."

직장 폐쇄란 노동자의 파업 등 쟁의행위에 저항하기 위해 아예 기업의 문을 걸어 잠그는 걸 의미한다.

물론 엄격한 조건이 적용되지만, 일단 직장 폐쇄가 인정되면 기업에서는 쟁의행위 중인 노동자에게의 임금 지급이 면제되기 때문에 노동자는 돈도 받지 못하고 계속 버텨야 한다.

"강 대 강인 경우에 자주 쓰이는 방법이 바로 직장 폐쇄라네."

"이건 그 강화판이다 이거군요."

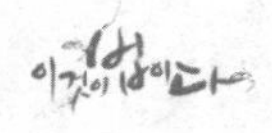

"그래."

직장 폐쇄를 하게 되면 단순히 임금을 받지 못하는 수준에서 끝나지만, 직장이 망하면 생계가 불투명해진다.

"더군다나 회사가 망하면 현실적으로 이직이 힘들거든."

이상하게 사람들은 망한 회사 소속의 노동자들을 쓰는 걸 꺼리기 때문이다.

"하물며 노조 출신이라면 아예 취업 자체가 불가능할 걸세."

김성식의 말에 서세영은 떨떠름한 얼굴이 되었다.

"그러니까 이 상황에서 문제가 되는 건 추후 이 방법으로 아예 노동 활동 자체를 막아 버릴 수도 있다는 거네요. 하지만 그 오너도, 회사를 살리려고 그러는 거 아니에요?"

"그게 문제야."

오너는 회사를 살리려고 노력했다. 실제로 그걸 위해 유상증자도 했고, 투자도 받았고, 대출도 알아본 흔적이 있었다.

"그런데 말이지, 동시에 퇴직금으로 무려 30억이나 챙겨 갔어. 이 다급한 상황에 말이지."

"음……."

"그리고 네가 오너인데 회사가 그 정도로 위험하다면 어떻게 하겠어?"

"글쎄."

"보통은 주식 팔고 튈 생각을 할걸."

실제로 하이디는 아는 사람에게는 좋지 않은 투자처이고

위험한 상황이지만, 의외로 대중에게는 대형 유제품 회사로 알려져 있다.

"그런데 그런 시도도 없었어. 아마 폐업이 아닌 회사의 판매가 목적일 거야."

그런데 회사를 판매할 때 가장 골치 아픈 게 바로 고용 승계다. 그러니 인원을 줄여 버리면 고용 승계 문제가 없어져서 회사를 팔기가 더더욱 쉬워진다.

"와, 치사하다."

그제야 회사 측의 목적을 안 서세영은 눈을 찡그렸다.

"그런데 이건 애매하네. 회사가 살려고 하는 일인데 뭐라고 할 수도 없고."

"그래, 회사는 살려야지."

거기에서 일하는 수많은 노동자들, 그리고 그들과 관련된 수많은 기업들과 농장들.

그들이 한꺼번에 망하면 혼란이 장난이 아닐 거다.

"하지만 오너를 살려 줄 이유는 없잖아."

노형진은 단호하게 말했다.

"오너만 털어 내고 회사는 살려야지."

그렇게 하이디의 운명이 결정되었다.

다음 권으로 이어집니다

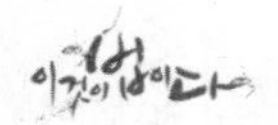